ERICH KÄSTNER

Prix Hans Christian Andersen

DEUX POUR UNE

Traduit de l'allemand
par René Lasne

Illustrations :
Boiry

Titre original :
DAS DOPPELTE LOTTCHEN

La présente version française est dédiée à
Marthe Wiedenhoff.

R.L.

1

Bühl-au-Lac et le lac de Bühl. – Les homes d'enfants, on dirait des ruches. – L'autobus des vingt nouvelles. – Boucles et nattes. – Un enfant a-t-il le droit de manger le nez d'un autre enfant ? – Le roi d'Angleterre et son jumeau astrologique. – De la difficulté de prendre des fossettes.

Au fait, connaissez-vous Bühl-au-Lac ? La petite station montagnarde de Bühl-au-Lac ? Non ? Sûr que non ? Formidable ! Demandez à droite, demandez à gauche : tout le monde ignore Bühl-au-Lac. À croire que Bühl-au-Lac (sur le lac de Bühl) est un de ces patelins que connaissent exclusivement ceux à qui l'on ne demande rien. Ça ne m'étonnerait pas autrement, ce sont de ces choses qui arrivent.

Naturellement, si vous ne connaissez pas Bühl-au-Lac (sur le lac de Bühl), vous ne pouvez pas davantage connaître le pensionnat de Bühl-au-Lac (sur le lac de Bühl), l'illustre colonie de vacances pour fillettes. Dommage, mais ça ne fait rien. Les homes d'enfants se ressemblent tous, comme des pains de trois livres et des pissenlits. En connaître un, c'est les connaître tous. Et, quand on passe au large, on les prendrait pour de gigantesques ruches. Ça bourdonne, avec des rires sous cape, des cris et des chuchotements. Ces maisons de vacances-là sont les ruches de la joie et de la belle humeur enfantines. Plus il y en aura, mieux ça vaudra.

Le soir, il arrive parfois, il est vrai, que le nain grisâtre de la mélancolie fasse un tour dans le dortoir, tire de sa poche son carnet gris et son crayon gris, et tienne gravement registre des larmes enfantines, de celles qui ont coulé et de celles qui ont failli couler.

Mais, voyez ! le matin, il a disparu ! Et dans le clac clac des bols tous les jolis becs se remettent à qui mieux mieux à jaser. Et bientôt, par bandes, tout ce petit monde s'égaille et va barboter dans les eaux fraîches et vert bouteille du lac, piaille, braille, criaille, fait la planche, nage ou fait mine de nager.

Il n'en va pas autrement à Bühl-au-Lac, où commence l'histoire que je vais vous raconter. Une histoire passablement embrouillée. Et il vous faudra parfois faire diablement attention pour tout comprendre dans le moindre détail. Il est vrai qu'au début c'est simple comme bonjour. Ça ne deviendra compliqué que dans les chapitres suivants. Compliqué et assez palpitant.

Pour l'instant, elles sont toutes dans le lac, à se baigner, et la plus enragée, comme toujours, est une gosse de neuf ans, aussi espiègle qu'elle a de boucles, et qui s'appelle Louise Brinkmann, de Vienne.

Du pensionnat retentit un coup de gong. Puis un autre, puis un troisième. Les enfants et les surveillantes qui sont encore dans l'eau grimpent sur la berge.

« C'est pour tout le monde quand ça sonne ! crie Mlle Ulrike. Même pour Louise.

— Hé bé ! j'arrive, réplique Louise. On fait ce qu'on peut, on n'est pas des bœufs. »

Elle arrive, en effet.

Mlle Ulrike finit par rentrer toute sa basse-cour, je veux dire toute sa maisonnée. À midi juste, on déjeune. Et après on se met à attendre la suite, impatiemment. Pourquoi ?

C'est que l'après-midi doivent arriver vingt « nouvelles ». Vingt petites filles de l'Allemagne du Sud. Y aura-t-il dans la bande des pimbêches ? Des cancanières ? Si ça se trouve, de très vieilles dames de treize, voire de quatorze ans ? Apporteront-elles des jouets intéressants ? Qui sait s'il n'y aura pas dans le lot un gros ballon ? Celui de Trude est dégonflé. Et Brigitte ne sort pas le sien. Elle l'a enfermé dans son armoire. Mis sous clef. Pour qu'il ne lui arrive rien. Connu.

L'après-midi, voilà donc Louise, Trude, Brigitte et les autres enfants qui, près de la grille ouverte à deux battants, guettent l'arrivée du car qui est allé chercher les nouvelles à la gare voisine. Si le train n'a pas eu de retard, elles devraient déjà...

Un coup de klaxon. « Les voilà ! » Le car remonte la rue, prend avec précaution le tournant de l'entrée et s'arrête. Le chauffeur descend et aussitôt il débarque, l'une après l'autre, les fillettes. Pas seulement des fillettes, mais aussi des valises, des serviettes, des poupées, des paniers, des paquets, des patinettes, des ombrelles, des bouteilles Thermos, des sacs à dos, des boîtes à herboriser et des filets à papillons – toute une cargaison pittoresque.

À la fin surgit dans l'encadrement de la portière, avec son saint-frusquin, la vingtième fillette. Un petit bouchon au regard grave. Le chauffeur lui tend les bras et s'apprête à l'aider.

La petite secoue la tête, si énergiquement que ses deux nattes lui battent les joues.

« Non, merci », fait-elle avec une politesse résolue. Elle descend posément et saute du marchepied.

Une fois à terre, elle regarde à la ronde avec un sourire embarrassé. Tout à coup, d'étonnement, elle écarquille les yeux. Elle reste là, immobile, à fixer Louise. Et voici que Louise, à son tour, ouvre ses quinquets tout ronds. Avec effroi, elle dévisage la nouvelle.

Les regards des autres enfants et de Mlle Ulrike vont avec perplexité de l'une à l'autre. Le chauffeur rejette sa casquette en arrière, se gratte derrière l'oreille et demeure bouche bée. Pourquoi donc ?

Louise et la nouvelle se ressemblent à s'y méprendre. Il est vrai que l'une a de longues boucles et l'autre des nattes serrées, mais c'est là réellement toute la différence.

Louise fait demi-tour et se sauve dans le jardin, comme si des lions et des tigres la poursuivaient.

« Louise ! crie Mlle Ulrike, Louise ! »

Puis elle hausse les épaules et fait entrer les vingt nouvelles. Hésitante et infiniment étonnée, la fillette aux nattes ferme la marche, à pas comptés.

La directrice de la maison d'enfants, Mme Muthesius, est assise à son bureau et délibère avec la vieille et énergique cuisinière sur le menu de la semaine.

On frappe. Mlle Ulrike entre et fait son rapport : les vingt nouvelles sont là au grand complet.

« Tout est en ordre.

— J'en suis bien aise, merci.

— Il y a un mais...

— Lequel ? »

La directrice, qui a autre chose à faire, lève un instant les yeux.

« Il s'agit de Louise Brinkmann, commence avec hésitation Mlle Ulrike. Elle attend dehors, devant la porte.

— Qu'elle entre, la coquine ! »

Mme Muthesius ne peut se défendre d'un sourire :

« Qu'est-ce qu'elle manigance encore ?

— Rien aujourd'hui, répond la surveillante. Seulement... »

Elle ouvre avec précaution la porte et appelle :

« Entrez, vous deux ! N'ayez pas peur ! »

Les deux fillettes pénètrent dans la pièce et restent là, aussi loin que possible l'une de l'autre.

« Ça me coupe la chique ! » marmotte la cuisinière.

Interdite, Mme Muthesius contemple les deux enfants.

« La nouvelle, fait Mlle Ulrike, s'appelle Lotte Körner et vient de Munich.

— Êtes-vous parentes ? »

Les deux fillettes secouent la tête, imperceptiblement, mais avec conviction.

« Elles ne se sont jamais vues jusqu'à ce jour. Étrange, n'est-ce pas ? opine Mlle Ulrike.

— Comment ça, étrange ? reprend la cuisinière. Comment qu'elles se s'raient vues ? Y en a-t-y pas une qu'est de Munich et l'autre de Vienne ? »

Mme Muthesius dit gentiment :

« Deux petites filles qui se ressemblent à ce

point feront sûrement deux bonnes amies. Ne restez pas là à vous regarder en chiens de faïence, mes enfants. Venez, donnez-vous la main.

— Non ! » hurle Louise, et elle se noue les bras derrière le dos.

Mme Muthesius hausse les épaules, réfléchit et termine l'entretien par un :

« Vous pouvez aller. »

Louise court à la porte, l'ouvre et se précipite

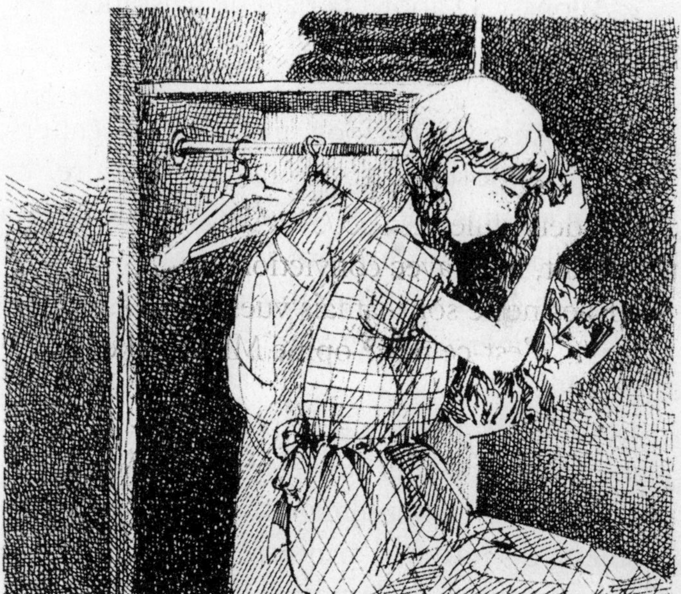

dehors. Lotte esquisse une révérence et s'apprête à quitter tranquillement la pièce.

« Encore un instant, mon enfant », dit la directrice.

Et elle ouvre un grand registre.

« Nous pouvons t'inscrire tout de suite, avec ton nom, ta date et ton lieu de naissance. Et le nom de tes parents.

— Je n'ai plus que maman », murmure Lotte.

Mme Muthesius trempe le porte-plume dans l'encrier.

« Allons-y. D'abord ta date de naissance. »

Lotte suit le corridor, monte les escaliers, ouvre une porte et se trouve au vestiaire. Sa valise n'est pas encore déballée. Elle se met à ranger dans l'armoire qui lui est dévolue ses robes, ses chemises, ses tabliers, ses bas. Par la fenêtre ouverte pénètrent de lointains rires d'enfants.

Lotte tient à la main la photographie d'une jeune femme. Elle la contemple avec tendresse, puis la cache soigneusement sous les tabliers. Au moment de fermer l'armoire, elle aperçoit un miroir au revers de la porte. D'un regard scrutateur, elle inspecte son visage, comme si elle se voyait pour la première fois. Puis, brusquement, elle rejette ses nattes en arrière et fait bouffer ses cheveux. Comme ceux de Louise Brinkmann.

Une porte claque quelque part. Aussitôt, comme surprise en flagrant délit, Lotte laisse tomber ses bras.

Louise est avec ses amies, juchée sur la murette du jardin. Un pli sévère lui coupe le front.

« Avec moi, ça ne se passerait pas comme ça, fait Trude, sa camarade de classe à Vienne. Avoir le toupet de s'amener avec ton visage...

— Que veux-tu donc que j'y fasse ? demande Louise avec humeur.

— Lui abîmer le portrait, suggère Monique.

— Le mieux serait de lui manger le nez, enchaîne Christine. Ça te débarrasserait d'un coup de toute cette histoire. »

Ce qui ne l'empêche pas de balancer tranquillement ses jambes dans le vide.

« Gâcher ainsi les vacances de quelqu'un !

marmonne Louise avec une amertume non déguisée.

— Mais elle n'y est pour rien, commente Fanny la joufflue. Si jamais je voyais arriver quelqu'un qui me ressemblait de la sorte... »

Trude éclate de rire.

« Tu ne crois tout de même pas que quelqu'un serait assez stupide pour se balader avec une tête comme la tienne ?... »

Fanny fait la moue, les autres rient. Louise elle-même ébauche un sourire.

Là-dessus, le gong sonne.

« Le repas des fauves est servi », lance Christine.

Et les fillettes dégringolent de la murette.

Au réfectoire, Mme Muthesius dit à Mlle Ulrike :

« Nous allons installer nos deux petits sosies l'un à côté de l'autre. Peut-être bien qu'une cure radicale donnera des résultats... »

Les enfants font bruyamment irruption dans la salle. C'est un branle-bas de tabourets. Les fillettes qui sont de corvée remorquent jusqu'aux tables de grandes marmites fumantes.

D'autres remplissent les assiettes qui leur sont tendues.

Mlle Ulrike s'approche par-derrière de Louise et de Trude, frappe sur l'épaule de Trude et dit :

« Va t'asseoir auprès de Hilde Sturm. »

Trude tourne la tête et veut répliquer :

« Mais...

— Pas d'histoires, n'est-ce pas ? »

Trude hausse les épaules, se lève et déménage en boudant.

Les cuillers vont leur train. La place, près de Louise, est vide. Curieux, ce qu'une place vide peut attirer l'attention.

Soudain, comme à la manœuvre, tous les regards font une conversion vers la porte : Lotte vient d'entrer.

« Te voilà enfin, fait Mlle Ulrike. Viens, que je te montre ta place. »

Et elle mène à la table de Louise la fillette aux nattes, toute grave et silencieuse. Sans lever les yeux, Louise avale sa soupe avec rage. Docilement, Lotte s'assoit à côté et prend sa cuiller, bien qu'elle se sente comme un lacet autour du cou.

Les autres louchent, ravies, vers le singulier couple que font les deux voisines. Un veau à deux ou trois têtes ne saurait offrir plus d'intérêt. Fanny la dodue, Fanny la joufflue en reste, tant c'est palpitant, la bouche ouverte.

Louise ne peut se maîtriser plus longtemps. Et elle ne cherche pas non plus à le faire. De toutes ses forces, elle lance à Lotte, par-dessous la table, un coup de pied dans les tibias.

Lotte en sursaute de douleur et se mord les lèvres.

À la table des grandes personnes, Gerda la surveillante dit en hochant la tête :

« C'est à n'y rien comprendre ! Deux fillettes qui ne se connaissent ni d'Ève ni d'Adam et qui se ressemblent comme deux gouttes d'eau !

— Qui sait si ce ne sont pas des jumelles astrologiques ? fait pensivement Mlle Ulrike.

— Qu'est-ce que c'est encore que ça, demande Gerda, des jumelles astrologiques ?

— Il y a, à ce qu'on raconte, des êtres qui se ressemblent de point en point sans qu'il y ait entre eux la moindre parenté. Mais ils sont venus au monde en même temps, au même centième de seconde.

— Ah ! ah ! » murmure Gerda.

Mme Muthesius fait un signe de tête approbateur :

« J'ai lu un jour l'histoire d'un tailleur de Londres qui ressemblait exactement à Édouard VII, le roi d'Angleterre. Qui lui ressemblait à s'y tromper. Et d'autant plus que le tailleur, lui aussi, portait le bouc. Le roi manda le tailleur au palais de Buckingham et eut avec lui un long entretien.

— Et ils étaient tous deux effectivement nés à la même seconde ?

— Oui, on en eut par hasard la preuve absolue.

— Et la suite ? demande impatiemment Gerda.

— À la demande du roi, le tailleur en fut réduit à se faire raser. »

Les autres rient, tandis que Mme Muthesius, méditative, regarde vers la table, là-bas, où sont assises les deux fillettes. Puis elle dit :

« On donnera à Lotte Körner le lit près de Louise Brinkmann. Il faudra bien qu'elles se fassent l'une à l'autre. »

C'est la nuit, et tous les enfants dorment. Sauf deux.

Ces deux-là se tournent le dos et font semblant de dormir profondément, mais elles sont là, les yeux grands ouverts, à regarder fixement devant elles.

Louise contemple rageusement les craquelures d'argent que la lune découpe sur son lit. Tout à coup elle dresse l'oreille : elle entend des pleurs étouffés, des pleurs convulsivement réprimés.

Lotte s'écrase la main sur la bouche. Qu'est-ce que lui avait raconté sa maman au départ ? « Comme ça me fait plaisir, que tu ailles passer quelques semaines avec un tas d'enfants joyeux ! Tu es trop sérieuse pour ton âge, ma petite Lotte. Beaucoup trop sérieuse. Je sais, ce n'est pas ta faute. C'est la mienne. C'est que je travaille. Je suis trop rarement à la maison. Quand je rentre, je suis fatiguée. Et toi, pendant ce temps-là, tu n'as pas joué, comme les autres enfants. Non : tu as lavé le parquet, fait la cuisine, mis la table. Je t'en supplie, reviens avec mille fossettes, ma petite ménagère ! » Et la voici au loin, près d'une méchante fille qu'elle hait parce qu'elle lui ressemble. Lotte soupire tout bas. Parlez-moi de prendre des fossettes ! Puis elle s'abandonne et sanglote.

Soudain elle sent une menotte étrangère qui, gauchement, lui caresse les cheveux.

Lotte s'en raidit d'effroi. D'effroi ? Timidement, la main de Louise prolonge ses caresses.

La lune regarde par la grande fenêtre du dortoir et en reste pas mal éberluée : il y a là, l'une près de l'autre, deux petites filles qui n'osent se regarder, et celle qui pleurait encore tout à l'heure cherche maintenant, à tâtons, la main qui la caresse.

« Parfait, pense la vieille lune d'argent. Je puis tranquillement me coucher. »

Et c'est ce qu'elle fait.

2

De la différence entre un armistice et la paix. – Lavabos et salon de coiffure. – Deux pour une. – Trude reçoit une gifle. – Le photographe Eipeldauer et la femme du garde. – Ma maman, notre maman. – Jusqu'à Mlle Ulrike qui se doutait de quelque chose.

L'armistice entre les deux petites était-il valable et durable ? Bien qu'il eût été conclu sans tractations et sans mot dire ? Je voudrais le croire. Mais d'un armistice à la paix, il y a loin. Même entre enfants, ne pensez-vous pas ?

Elles n'osèrent pas se regarder en face quand, le matin, elles se réveillèrent et quand, dans leurs longues et blanches chemises de nuit, elles coururent aux lavabos, s'habillèrent devant leurs armoires contiguës, puis, chaise contre chaise, prirent place au petit déjeuner ; et pas davantage lorsque, côte à côte et en chantant, elles coururent le long de la rive ou, plus tard, avec les surveillantes, dansèrent la ronde ou tressèrent des couronnes de fleurs.

Leurs regards ne se croisèrent qu'une seule fois, rapidement, furtivement, pour aussitôt, peureusement, se dérober et se fuir à nouveau.

À présent Mlle Ulrike est assise dans le pré et lit un merveilleux roman où à chaque page il est question d'amour. De temps à autre, elle laisse tomber le livre et, béatement, rêve à M. Rademacher, l'ingénieur diplômé qui est le sous-locataire de sa tante. Il s'appelle Rudolf. Ah ! mon Rudi !

Louise, elle, joue avec ses amies à la balle au camp. Mais le cœur n'y est pas. Elle regarde souvent à la ronde, comme si elle cherchait quelqu'un sans pouvoir le trouver.

« Quand te décideras-tu à manger le nez à la nouvelle ? demande Trude.

— Ne fais donc pas l'idiote », répond Louise.

Christine la considère avec étonnement :

« Car, enfin, tu la détestes, ou non ?

— Je ne peux tout de même pas, réplique sèchement Louise, arracher les yeux à tous ceux que je ne peux pas souffrir ! »

Et elle ajoute :

« D'autant que je n'ai rien contre elle.

— Mais hier c'était de la rage ! insiste Fanny.

— Et comment ! achève Monique. Le soir, tu lui as décoché sous la table un tel coup dans les tibias que pour un peu elle en aurait hurlé.

— Tu vois bien », constate Trude avec une satisfaction évidente.

Louise se hérisse :

« Si vous n'arrêtez pas tout de suite, crie-t-elle avec fureur, c'est vous qui l'aurez, mon pied dans les tibias ! »

Et à ces mots elle fait demi-tour et s'esquive.

« Elle ne sait vraiment pas ce qu'elle veut », dit Christine en haussant les épaules.

Une guirlande de fleurs sur ses nattes, Lotte est assise toute seule dans le pré et tresse une seconde couronne. Une ombre, soudain, apparaît sur son tablier. Elle lève les yeux.

Louise est devant elle. Embarrassée et indécise, elle se dandine d'un pied sur l'autre.

Lotte risque un mince sourire. Si mince qu'on le voit à peine. Au vrai, il y faudrait la loupe.

Louise, avec soulagement, sourit à son tour.

Lotte lui tend la couronne qu'elle vient de nouer et demande timidement :

« La veux-tu ? »

Louise tombe à genoux et répond passionnément :

« Oui, mais à condition que tu me la mettes sur le front. »

Lotte lui enfonce la couronne dans les boucles. Puis, avec un signe admiratif de la tête, elle dit :

« Joli ! »

Voilà donc, dans l'herbe, nos deux petits sosies l'un près de l'autre. Elles sont comme seules au monde ; elles se taisent et se sourient précautionneusement.

Louise, avec un soupir, interroge :

« M'en veux-tu encore ? »

Lotte secoue la tête.

Louise regarde à terre et dit d'un jet :

« C'est arrivé si soudainement ! Le car ! Et toi pour finir, toi ! Quel coup ! »

Lotte approuve d'un signe de tête.

« Quel coup ! » reprend-elle.

Louise se penche :

« C'est bougrement drôle, hein ? »

Interdite, Lotte la regarde au fond de ses yeux qui rayonnent et débordent de joie.

« Drôle ? »

Puis elle demande tout bas :

« As-tu des frères et sœurs ?

— Non.

— Moi non plus. »

Toutes deux se sont faufilées jusqu'aux lavabos et sont là devant un grand miroir. Pleine d'une fiévreuse ardeur et armée d'un peigne et d'une brosse, Lotte est en train d'étriller Louise et de lui aplatir les boucles.

« Aïe ! ouille ! hurle Louise.

— Veux-tu bien rester tranquille ! gronde Lotte avec une sévérité feinte. Quand sa maman vous fait les nattes, on ne crie pas comme cela.

— Mais je n'ai pas de maman ! bougonne Louise. Et c'est pourquoi – aïe ! – je fais tant de tapage, comme dit toujours mon père.

— Est-ce qu'il ne te donne donc jamais la fessée ? s'informe Lotte avec empressement tout en commençant à tresser les nattes.

— La fessée ! Il m'aime bien trop pour cela !

— Mais l'amour n'a rien à voir là-dedans, remarque Lotte avec une grande sagesse.

— Sans compter qu'il a bien d'autres choses en tête.

— Oui, mais il suffit d'avoir une main libre. »

Et elles éclatent de rire.

Les nattes de Louise sont maintenant prêtes, et les enfants s'admirent dans la glace. Leurs visages rayonnent comme deux arbres de Noël. Deux petites filles exactement semblables se regardent dans le miroir ! Et le miroir leur renvoie l'image de deux petites filles exactement semblables !

« On dirait deux sœurs », fait Lotte dans un souffle, avec ferveur.

Un coup de gong : c'est midi.

« Ce qu'on va s'amuser ! crie Louise. Viens ! »

Elles sortent en courant. Et courent en se donnant la main.

Les autres fillettes sont depuis longtemps assises. Seuls les sièges de Louise et de Lotte sont encore vides. Soudain la porte s'ouvre, et Lotte apparaît. Elle s'assied, froidement, sur le tabouret de Louise.

« Dis donc, prévient Monique, c'est la place de Louise. Gare à tes abattis ! »

La petite se contente de hausser les épaules et se met à manger.

La porte s'ouvre à nouveau et – saperlipopette ! – Lotte en personne fait une seconde entrée. Elle se dirige sans sourciller vers la dernière place libre et s'assoit.

À la table, chacun en reste pantois. Et voici que les enfants des tables voisines regardent à leur tour, se lèvent et font cercle autour des deux Lotte.

La tension est extrême. Elle se relâche seulement quand les deux petites se mettent à rire. Alors, en moins de rien, toute la salle retentit d'un concert de rires enfantins.

Mme Muthesius fronce les sourcils.

« Que signifie tout ce chahut ? »

Elle se lève et, avec des yeux de reine outragée, un pas de justicière, va droit au tohu-bohu. Pourtant, quand elle découvre les deux gosses aux nattes, sa colère fond comme neige au soleil. Elle demande, amusée :

« Alors, laquelle de vous deux est maintenant Louise Brinkmann et laquelle est Lotte Körner ?

— Ça, ça nous regarde », répond avec un clignement d'yeux l'une des deux Lotte.

Et c'est à nouveau une tempête de rires.

« Pour l'amour de Dieu, s'exclame Mme Muthesius, qu'allons-nous faire ?

— Peut-être, suggère avec satisfaction l'autre Lotte, peut-être que quelqu'un s'y retrouvera. »

Fanny fait de grands gestes dans le vide,

comme une fillette qui brûlerait de déclamer un poème.

« Écoutez, écoutez ! crie-t-elle. Puisque Trude va à l'école avec Louise, c'est à elle de deviner ! »

Non sans hésitation, Trude se glisse jusqu'au premier rang des spectateurs, regarde d'une Lotte à l'autre d'un œil inquisiteur et, désemparée, secoue la tête. Mais soudain un sourire espiègle éclaire son visage : elle tire vigoureusement sur les nattes de la Lotte la plus proche et, au même instant, claque une gifle.

« La voilà, Louise ! » s'écria-t-elle victorieusement tout en se frottant la joue.

L'allégresse est alors à son comble.

Louise et Lotte ont reçu la permission d'aller au village. Deux pour une ! Il faut absolument tirer le portrait des petits sosies ! Pour envoyer chez soi des photos ! C'en sera, une surprise !

Une fois revenu de son premier ébahissement, le photographe, un certain M. Eipeldauer, a mis tous ses talents en œuvre. Il a pris six poses différentes. D'ici dix jours, les photos seront prêtes.

« Sais-tu, dit-il à sa femme quand les petites

sont parties, tout bien réfléchi, j'enverrai quelques épreuves de choix à un illustré ou à un périodique. Ces choses-là intéressent les journaux. »

Au-dehors, devant un magasin, Louise défait ses « stupides » nattes, car sa coiffure de petite fille sage la gêne dans ses aises. Et, une fois qu'elle peut de nouveau secouer ses boucles, elle redevient aussi elle-même. Elle invite Lotte à venir boire un verre de limonade. Lotte proteste.

« Laisse-toi faire, déclare Louise avec énergie. Papa m'a envoyé avant-hier de l'argent de poche. Allons-y carrément ! »

Elles s'en vont donc jusqu'à la maison forestière, s'assoient dans le jardin, boivent de la limonade et bavardent. Il y a tant de choses à se raconter, tant de questions à poser, tant de réponses à faire, quand deux filles deviennent une paire d'amies !

Çà et là, les poules picorent et caquettent entre les tables. Un vieux chien de chasse flaire les deux clientes et ne voit pas d'objection à leur présence.

« Est-ce que ton père est mort depuis longtemps ? demande Louise.

— Je n'en sais rien, répond Lotte. Maman ne

parle jamais de lui, et je n'aimerais pas lui poser de questions. »

Louise fait un signe de tête approbateur :

« Je ne peux plus du tout me souvenir de ma mère. Autrefois, il y avait un grand portrait d'elle sur le piano de papa. Un jour, il m'a surprise à le regarder. Et le lendemain le portrait avait disparu. Sans doute l'a-t-il mis sous clef dans son bureau. »

Les poules caquettent, le chien de chasse sommeille. Une petite fille qui n'a plus de papa et une petite fille qui n'a plus de maman boivent de la limonade.

« Toi aussi, tu as bien neuf ans ? demande Louise.

— Oui, j'en aurai dix le 14 octobre. »

Louise en reste plantée droite comme un I.

« Le 14 octobre ?

— Le 14. »

Louise se penche et, dans un murmure :

« Moi aussi. »

Lotte en devient raide comme un pantin.

Derrière la maison, un coq lance son cocorico. Le chien essaie de happer une abeille qui bourdonne autour de lui. On entend, par la fenêtre ouverte de sa cuisine, la femme du garde qui chante.

Comme médusées, les deux enfants se fixent dans le blanc des yeux. Lotte avale sa salive et, d'une voix qu'enroue l'émotion, interroge :

« Et... où es-tu née ? »

Louise répond tout bas et en hésitant, comme si elle avait peur :

« Sur les bords du Danube, à Linz. »

Lotte passe sa langue sur ses lèvres sèches :

« Moi aussi ! »

Rien ne bouge dans le jardin, que les cimes des arbres. Qui sait si ce n'est pas l'ange qui vient de passer, ou le destin qui les a effleurées de ses ailes ?

Lotte dit lentement :

« J'ai... dans mon armoire... une photo de maman. »

Louise ne fait qu'un bond.

« Montre ! »

Et elle arrache sa compagne à sa chaise, l'entraîne hors du jardin.

« Eh bien ! fait une voix indignée, qu'est-ce que c'est maintenant que ces façons-là ! Boire de la limonade et se sauver sans payer ! »

C'est la femme du garde.

Louise en est saisie d'épouvante. Les doigts tremblants, elle fouille dans son petit porte-monnaie, fourre dans la main de la femme un billet tout chiffonné et rejoint Lotte à la course.

« Il y a de la monnaie à vous rendre ! » crie la patronne.

Mais les enfants ne l'entendent pas. Elles galopent comme s'il y allait de leur vie.

« Qu'est-ce que ces petites sottes peuvent bien avoir sur la conscience ? » grommelle la femme.

Puis elle rentre dans sa maison. Le vieux chien la suit, clopin-clopant.

Quand elles sont de retour, Lotte fouille fébrilement dans son armoire. De dessous une pile de linge, elle sort une photographie et la tend à Louise, qui sent tout son corps lui manquer.

Avec une appréhension affreuse, Louise jette un regard sur l'image. Puis ses yeux s'illuminent. Littéralement, ils boivent comme du lait le portrait de la jeune femme.

Le visage crispé d'impatience, Lotte est là à observer sa compagne.

Louise, transportée et épuisée de bonheur, laisse retomber la photo et, dans le ravissement, dodeline de la tête. Puis elle presse farouchement le portrait sur son cœur et murmure :

« Ma maman ! »

Lotte passe son bras autour du cou de Louise :

« Notre maman ! »

Deux petites filles se blottissent l'une contre l'autre. Un secret vient de leur être dévoilé, mais il cache d'autres secrets, d'autres énigmes.

Le gong retentit d'un bout à l'autre de la maison. Avec des rires et des cris, des enfants dévalent les escaliers. Louise veut remettre la photo dans l'armoire.

« Garde-la, je te la donne », fait Lotte.

Tout émue, Mlle Ulrike est debout, devant le bureau de la directrice. Ses deux joues sont rouges comme des écrevisses.

« Non, je ne peux pas garder cela pour moi ! explose-t-elle. Il faut à tout prix que je vous le confie. Si seulement je savais ce que nous avons à faire !

— Allons, allons, fait Mme Muthesius, qu'avez-vous donc sur le cœur, ma chère ?

— Moi, je vous le dis, ce ne sont pas des jumeaux astrologiques !

— Qui ça ? demande Mme Muthesius. Le roi d'Angleterre et le tailleur ?

— Non ! Louise Brinkmann et Lotte Körner. J'ai consulté le registre d'entrées. Elles sont nées toutes les deux le même jour, à Linz. Il ne peut pas y avoir là de hasard.

— C'est en effet vraisemblable, ma toute bonne. J'ai aussi mes idées là-dessus.

— Alors vous savez tout ? demande Mlle Ulrike, suffoquée.

— Bien sûr ! Quand, à l'arrivée de la petite Lotte, je lui ai demandé ses date et lieu de naissance et que je les ai inscrits, j'ai fait aussitôt le rapprochement avec ceux de Louise. Et il n'y avait pas beaucoup d'écart, croyez-moi !

— Oui, oui. Et alors ?

— Rien.

— Rien ?

— Rien ! Si jamais vous soufflez mot, je vous coupe les oreilles, ma chère.

— Mais...

— Pas de mais ! Les enfants ne se doutent de rien. Elles viennent de se faire photographier ensemble et vont envoyer les photos chez elles. Si cela débrouille les fils de l'histoire, tant mieux ! Mais vous et moi, nous n'avons pas à nous en mêler. Merci d'être si fine, ma chère. Et maintenant envoyez-moi la cuisinière, je vous prie. »

Mlle Ulrike n'a pas l'air précisément inspirée quand elle quitte le bureau. Il est vrai que ce serait chez elle quelque chose de tout à fait nouveau.

3

On découvre de nouveaux continents. – D'énigme en énigme. – Un prénom que l'on coupe en deux. – Une photo on ne peut plus sérieuse et une drôle de lettre. – Les parents de Fanny demandent le divorce. – Des enfants, est-ce que ça se coupe en deux ?

Le temps passe. C'est tout ce qu'il sait faire.

Est-ce que les deux petites sont allées au village chercher leurs photos chez M. Eipeldauer ? Il y a belle lurette ! Est-ce que Mlle Ulrike a eu la curiosité de s'informer si elles avaient envoyé les photos chez elles ? Il y a belle lurette ! Est-ce que Louise et Lotte ont alors opiné du bonnet et répondu : « Oui » ? Il y a belle lurette !

Et il y a belle lurette aussi que les mêmes photos, déchirées en mille morceaux, gisent au fond des eaux vert bouteille du lac de Bühl, près de Bühl-au-Lac. Les petites ont menti à Mlle Ulrike ! Elles veulent garder leur secret pour elles ! Elles veulent être toutes les deux à le cacher et, sait-on ? à le révéler. Et, qui approche trop près du pot-aux-roses, on le berne sans ménagement. Rien d'autre à faire. Même la petite Lotte n'a pas l'ombre d'un remords. Cela en dit long.

Depuis quelque temps, les enfants ne se lâchent pas d'une semelle. Trude, Fanny, Monique, Christine et les autres en veulent parfois à Louise et sont jalouses de Lotte. À quoi bon ? Ça ne sert absolument à rien ! Mais où donc sont-elles fourrées ?

Elles sont au vestiaire. Lotte sort de son armoire une paire de tabliers – les mêmes –, en donne un à sa sœur et dit en nouant l'autre :

« Les tabliers, maman les a achetés chez Oberpollinger.

— Ah oui ! fait Louise, le magasin de la rue

Neuve, près... sapristi ! Comment s'appelle la porte ?

— La porte Saint-Charles.

— C'est juste, près de la porte Saint-Charles. »

Elles sont déjà tout à fait au courant de la vie l'une de l'autre, de leurs habitudes, de leurs compagnes de classe, des voisins, des profs, de l'appartement. Pour Louise, tout ce qui se rapporte à sa mère a tellement d'importance ! Et Lotte se consume à tout apprendre (mais tout !)

de ce que sa sœur sait de leur père. Du matin au soir, elles ne parlent que de cela. Et le soir elles restent encore des heures à chuchoter au dortoir. Chacune découvre un autre, un nouveau continent. Tout ce que jusqu'à présent embrassait leur ciel enfantin n'était en fait, elles viennent d'en faire la brusque constatation, qu'un hémisphère, que la moitié de leur univers !

Et si, d'aventure, elles ne sont pas en train de mettre tout leur zèle à joindre les deux moitiés pour avoir une vue d'ensemble, un autre sujet les agite, un autre secret les tourmente : pourquoi les parents sont-ils séparés ?

« Naturellement, il a d'abord fallu qu'ils se marient, explique Louise pour la centième fois. Puis ils ont eu deux petites filles. Et, comme maman s'appelle Louiselotte, ils ont baptisé un des enfants Louise, et l'autre Lotte. Charmant, n'est-ce pas ? Il a tout de même fallu qu'ils s'aiment, non ?

— Pour sûr ! fait Lotte. Mais, après, pas de doute : il y a eu des bisbilles. Ils ont vécu chacun de son côté, et ils nous ont partagées tout comme ils avaient déjà partagé le prénom de maman.

— Ils auraient tout de même pu nous demander d'abord notre permission.

— En ce temps-là, nous ne savions pas encore parler. »

Les deux sœurs ont un sourire d'impuissance. Puis, bras dessus, bras dessous, elles descendent au jardin.

Le facteur est passé. Dans l'herbe, au haut des murs, sur les bancs du jardin, il y a partout des petites filles assises à la diable, qui lisent leurs lettres.

Lotte tient à la main la photographie d'un homme d'environ trente-cinq ans, et d'un œil attendri elle considère son père. C'est donc lui ! Et voilà donc comme le cœur vous bat quand on a un papa pour de vrai, un papa en chair et en os !

Louise lit tout haut la lettre qu'il lui envoie :

« Ma chère, mon unique enfant,

— Ce toupet ! fait-elle en levant les yeux. Quand il sait bel et bien qu'il a deux jumelles ! »

Puis elle reprend sa lecture :

« As-tu donc complètement oublié la touche de ton paternel qu'il te faille absolument, et juste à la fin des vacances, sa photographie ? J'avais bien pensé d'abord t'envoyer un portrait d'il y a assez longtemps, où je ne suis qu'un bébé tout nu allongé sur une peau d'ours blanc. Mais tu m'écris que cela doit être une photo up to date. *J'ai donc tout lâché et couru chez le photographe et je lui ai expliqué par le menu pourquoi j'étais si pressé d'avoir la photo. Autrement, lui ai-je dit, ma Louison ne me reconnaîtra pas quand j'irai la chercher à la gare. Heureusement il a saisi tout de suite. Tu auras donc ta photo en temps voulu. J'espère que tu ne te paies pas la tête des demoiselles du pensionnat comme tu te paies celle de ton père, qui t'embrasse mille fois et qui t'attend impatiemment.*

— Jolie lettre, fait Lotte, et amusante ! N'empêche que, sur la photo, il a l'air bigrement sérieux.

— Probablement que le photographe l'a intimidé, conjecture Louise. Devant les étrangers, il a toujours un air sévère. Mais, quand nous sommes seuls, il sait être très drôle. »

Lotte tient la photo à deux mains.

« Et, vraiment, je peux la garder ?

— Bien sûr ! fait Louise. C'est pour toi que je la lui ai demandée. »

Fanny la joufflue est assise sur un banc, une lettre à la main, et pleure. Elle pleure sans piper mot. Intarissablement, les larmes roulent sur son visage potelé et poupin, dont pas un trait ne bouge.

Trude passe en flânant, s'arrête avec curiosité,

s'assoit près de Fanny et la contemple en se demandant ce qui se passe.

Christine arrive elle aussi et s'assoit de l'autre côté.

Louise et Lotte s'approchent et s'arrêtent.

« Qu'est-ce qui ne va pas ? » demande Louise.

Fanny continue de pleurer en silence. Tout à coup, elle s'effondre et dit d'une voix blanche :

« Mes parents demandent le divorce !

— Quel scandale ! s'écrie Trude. Ils t'envoient en vacances et ils en profitent pour faire ça ! Derrière ton dos !

— Je crois que papa aime une autre femme », sanglote Fanny.

Louise et Lotte s'éloignent à la hâte. Ce qu'elles viennent d'entendre les bouleverse.

« Notre père à nous, questionne Lotte, il n'a tout de même pas une nouvelle femme ?

— Non, répond Louise, je le saurais.

— Mais une avec laquelle il ne soit pas marié ? » demande Lotte en hésitant.

Louise secoue sa tête bouclée.

« Naturellement, dans ses connaissances, il y a aussi des femmes. Mais il n'y en a pas une à laquelle il dise *tu.* Et où c'en est avec maman ? Est-ce que maman a... un bon ami ?

— Non ! tranche Lotte avec conviction. Maman m'a, moi, elle a son travail et elle dit que c'est tout ce qu'elle demande au Bon Dieu. »

Louise considère sa sœur avec passablement de perplexité :

« Bon, mais alors pourquoi ont-ils divorcé ? »

Lotte médite :

« Peut-être qu'ils ne sont pas du tout allés devant le juge, comme veulent le faire les parents de Fanny.

— Pourquoi papa est-il à Vienne et maman à Munich ? continue Louise. Pourquoi nous ont-ils séparées ainsi ?

— Mais pourquoi, reprend Lotte avec une barre au front, ne nous ont-ils jamais raconté que nous ne sommes pas des filles uniques, mais des jumelles ? Et pourquoi papa ne t'a-t-il jamais rien raconté de maman ?

— Et maman n'a pas non plus soufflé mot, ne t'a jamais dit que papa était vivant ! »

Louise se campe les poings sur les hanches.

« On a de beaux parents, hein ? Attends un peu qu'on leur dise à tous les deux notre façon de penser ! Ils en resteront baba !

— Mais nous n'avons pas le droit, voyons ! fait Lotte, effarouchée. Nous ne sommes tout de même que des enfants !

— Que des enfants ? » demande Louise.

Et, d'un air de défi, elle rejette la tête en arrière.

4

Des crêpes fourrées, quelle horreur ! – Les calepins mystérieux. – Le chemin de l'école et le baiser du soir. – On conspire dans les coulisses. – Fête en plein air et répétition générale. – Adieux à Bühl-au-Lac (sur le lac de Bühl).

Les vacances tirent à leur fin. Dans les armoires, les piles de linge frais ont fondu. Le chagrin de devoir quitter bientôt la pension et l'impatience de retrouver le chez-soi montent en courbes parallèles.

Mme Muthesius organise un petit gala d'adieu. Le père d'une des fillettes, qui tient un bazar, a envoyé une pleine caisse de lampions, de guirlandes et d'accessoires. À qui mieux mieux, monitrices et enfants sont en train de décorer comme il sied la véranda et le jardin. Elles traînent d'arbre en arbre des escabeaux, accrochent dans les feuillages des lampions multicolores, font serpenter les guirlandes de branche en branche et préparent sur une longue table une tombola. D'autres écrivent sur des petits bouts de papier le numéro des billets. Gros lot : une paire de patins à roulettes, montés sur billes !

« Ah çà ! où sont les boucles et les nattes ? demande Mlle Ulrike. (C'est ainsi que depuis peu on appelle Louise et Lotte.)

— Oh ! celles-là ! fait Monique avec mépris. Elles seront encore quelque part assises dans l'herbe, à se tenir par la main de crainte qu'un coup de vent ne les sépare. »

Les jumelles ne sont pas quelque part assises dans l'herbe, mais dans le jardin de la maison forestière. Elles ne se tiennent pas davantage par la main : elles sont bien trop affairées pour cela. Elles ont chacune devant elle un petit calepin et sont chacune armée d'un crayon. Pour l'instant

Lotte dicte, tandis que Louise griffonne avec application :

« Plat préféré de maman : le pot-au-feu aux nouilles. Acheter la viande chez Huber. Une demi-livre de plat de côtes bien gras. »

Louise lève les yeux.

« Chez Huber, rue Max-Emmanuel, au coin de la rue du Prince-Eugène », dévide-t-elle d'un trait.

Lotte acquiesce avec satisfaction.

« Le livre de cuisine est dans le buffet, dernier rayon, au fond à gauche. Et dans le livre il y a toutes les recettes que je connais. »

Louise inscrit :

« Livre de cuisine... buffet... dernier rayon... au fond à gauche. »

Puis elle s'accoude et dit :

« Brrr ! La cuisine me fait une peur bleue ! Mais, si ça va de travers les premiers jours, je pourrai peut-être dire que j'ai oublié pendant les vacances, hein ? »

Lotte hoche évasivement la tête.

« Tu as aussi la ressource de m'écrire, s'il y a quelque chose qui cloche. J'irai chaque jour à la poste voir s'il n'est rien arrivé.

— Moi aussi, fait Louise. Mais écris souvent.

Et mange comme il faut à l'*Impérial* ! Papa est toujours si content quand ça me plaît !

— C'est tout de même idiot que tu n'aies pas d'autre plat préféré que les crêpes fourrées ! grommelle Lotte. Enfin, qu'y faire ? Mais j'aimerais mieux des escalopes de veau et du ragoût.

— Mange trois crêpes le premier jour, voire quatre ou cinq. Tu pourras dire après que tu en as mangé pour tout le reste du temps, propose Louise.

— Entendu ! » répond sa sœur, bien qu'à la seule pensée de cinq crêpes fourrées elle sente l'estomac lui tourner.

Que voulez-vous ? Les crêpes, ce n'est pas son fort.

Puis toutes deux se penchent à nouveau sur leurs calepins et se font mutuellement réciter les noms et places des compagnes de classe. On passe ensuite aux manies de la maîtresse, puis au chemin de l'école.

« Le chemin de l'école te donnera moins de tintouin qu'à moi, observe Louise. Tu dis tout simplement à Trude de venir te chercher le premier jour. Ça lui arrive souvent. Tu n'auras plus alors qu'à trottiner tranquillement à côté d'elle, en prenant bonne note des coins de rues et de tout le tralala. »

Lotte approuve et, soudain, dans un cri d'effroi :

« Ah ! je ne te l'ai pas encore dit : n'oublie pas, quand maman te mettra au lit, de lui souhaiter bonne nuit avec un grand baiser ! »

Le regard de Louise se perd dans un rêve.

« Ça, inutile de l'écrire, il n'y a pas de danger que je l'oublie. »

Saisissez-vous ce qui se manigance ? Les deux gamines se refusent toujours à raconter à leurs parents qu'elles sont au courant. Elles ne veulent pas leur forcer la main. Un obscur sentiment les avertit qu'elles n'en ont pas le droit. Et elles ont peur que ce que décideraient les parents ne détruise aussitôt et à tout jamais leur jeune bonheur. Mais elles n'auraient pas le cœur, non plus, comme si rien ne s'était passé, de retourner simplement là d'où elles sont venues ! De reprendre leur vie dans l'hémisphère que les parents, sans les consulter, leur ont assigné à chacune ! Ça jamais ! Bref, il y a une conspiration en cours. Et voici le plan invraisemblable qu'ont ébauché la nostalgie et la joie de l'aventure : les deux petites changeront entre elles de robes, de coiffure, de valise, de tabliers et d'existence ! Avec des tresses bien sages (mieux : avec une grande volonté d'être sage), Louise s'apprête, comme si elle était Lotte, à « retourner » chez cette maman dont elle ne connaît qu'une photographie. Et Lotte, avec des boucles au vent, et autant d'espièglerie et d'entrain qu'elle le pourra, ira chez son père, à Vienne.

Elles se sont préparées minutieusement aux

aventures qui les attendent. Les calepins sont bourrés de notes. On s'écrira poste restante, s'il y a urgence ou si des événements imprévus interviennent.

Peut-être même, en conjuguant leurs efforts, finiront-elles par découvrir pourquoi les parents vivent loin l'un de l'autre ? Et peut-être qu'un jour – ah ! ce jour-là ! – toutes les deux, près de leurs deux parents..., mais à peine osent-elles songer si loin et, encore moins, en parler.

Elles ont imaginé de faire de la fête en plein air, la veille du départ, une répétition générale. Lotte y figure Louise la bouclée, ce vif-argent de Louise. Et Louise y fait Lotte la nattée, la sage Lotte. Toutes deux jouent leur rôle à merveille. Nul ne s'aperçoit de rien ! Pas même Trude la Viennoise, la compagne de Louise ! Elles ont une joie folle à s'interpeller l'une l'autre par leur propre prénom. Lotte, enivrée, se perd en galipettes. Et Louise est sage comme une image, comme un petit agneau qui vient de naître.

Les lampions chatoient dans le feuillage, le vent de la nuit balance les guirlandes. Fête et vacances ne seront bientôt plus qu'un souvenir.

On tire la loterie. Fanny, le pauvre chou, gagne le gros lot, la paire de patins avec roulements à billes (mieux vaut un petit rien que rien du tout).

Les sœurettes dorment enfin. Fidèles à leurs rôles, elles ont mutuellement changé de lit et, dans leur énervement, font des rêves abracadabrants. Lotte, par exemple, rêve que l'attend à Vienne, sur le quai, une photographie plus que grandeur nature de son père, et qu'à côté est planté un maître queux en bonnet blanc, avec une brouette où fument des piles de crêpes fourrées. Pouah !

Le lendemain, au premier chant du coq, deux trains venant de directions diamétralement opposées entrent en gare d'Egern, près de Bühl-au-Lac (sur le lac de Bühl). Des douzaines de fillettes grimpent, en jacassant, dans les compartiments.

Lotte se penche tant qu'elle peut à la portière. À l'une des fenêtres de l'autre train, Louise agite son mouchoir. Elles s'encouragent chacune d'un sourire : le cœur leur bat, le trac grandit. Heureusement, les deux locomotives se mettent à siffler et à crachoter – sans quoi, *in extremis,* qui sait ce que feraient les fillettes ?

Mais non : le dernier mot reste à l'horaire. Le chef de gare lève son sceptre. Les deux trains se mettent simultanément en mouvement, des menottes font : au revoir, au revoir !

Louise – non ! Lotte ! – s'en va à Vienne.

Et Lotte – non ! Louise ! – à Munich.

5

*Un enfant sur une valise. – Les tontons de l'*Impérial, *ces pauvres abandonnés. – De Peperl et de l'infaillible instinct des animaux. – « Louise » demande la permission de faire à l'Opéra un signe de connivence. – Des erreurs dans le livre de comptes. – Shirley Temple n'avait pas le droit de voir ses propres films. – Le chef d'orchestre Brinkmann a une vie intérieure bien compliquée.*

Munich, la gare centrale, le quai 16. La locomotive s'arrête et halète. Le flot des voyageurs est coupé de petits îlots : des gens qui se retrouvent. Des petites filles se jettent au cou de leurs parents rayonnants. On oublie dans le tournis de la joie et de l'émotion, qu'on n'est pas encore à la maison, mais seulement dans la gare.

Cependant, le quai se vide peu à peu.

Et à la fin il n'y a plus là qu'un seul enfant, une gosse avec nattes et rubans. Hier encore elle portait des boucles. Hier encore, elle s'appelait Louise Brinkmann.

La fillette, de guerre lasse, se juche sur sa valise et serre les dents. Être dans la gare d'une ville inconnue et attendre une maman que l'on n'a vue qu'en photo, ce n'est pas une bagatelle !

Mme Louiselotte Brinkmann, née Körner, qui depuis six ans et demi (depuis le divorce !) a repris son nom de Louiselotte Körner, est à la direction artistique du *Petit Illustré*. Du matériel vient d'arriver pour les pages d'actualités, et cela l'a retardée.

Enfin, elle déniche un taxi. Enfin, en jouant des coudes, elle a son ticket de quai. Enfin, au pas de gymnastique, la voici sur le quai 16.

Quoi ? Personne ?

Si ! Là-bas, il y a une gosse, assise sur une valise. La jeune femme ne fait qu'un bond, comme s'il y avait le feu.

Il y a une petite fille juchée sur une valise, avec les genoux qui tremblent. Une émotion dont elle n'avait aucune idée étreint le cœur de l'enfant. Cette jeune femme rayonnante de bonheur n'est

pas un rêve ! Elle tourbillonne, elle vit – et c'est maman !

« Ma maman ! »

Louise se précipite au-devant de la jeune femme, les bras en l'air, et lui saute au cou.

« Ma petite ménagère ! murmure la jeune femme en pleurant. Te voilà enfin, te voilà revenue ! »

La petite bouche enfantine bécote passionnément le doux visage, les tendres yeux, les lèvres, les cheveux, le petit chapeau chic. Oui, même le petit chapeau.

C'est une vraie révolution dans la salle de restaurant et dans les cuisines de l'*Impérial*. Une révolution pleine de délicates attentions. Le chouchou des habitués et du personnel, la fille du chef d'orchestre de l'Opéra, est de retour !

On revoit Louise (pardon, Lotte !) assise sur la chaise traditionnelle, rehaussée de deux énormes coussins. Intrépidement, au mépris de la mort, « Louise » mange des crêpes fourrées.

L'un après l'autre, les habitués s'approchent de la table, caressent les boucles de la fillette, lui font une petite tape amicale sur l'épaule, lui demandent si elle a passé de bonnes vacances là-bas, trouvent que malgré tout, n'est-ce pas ? on est mieux encore à Vienne, près de papa. Ils déposent sur la table toutes sortes de gâteries : des dragées, du chocolat, des pralines, des crayons de couleur. Il y en a même un qui sort de sa poche un petit nécessaire à coudre de l'ancien temps en disant avec embarras qu'il lui vient de feu sa grand-mère. Puis tous, après un signe d'amitié au chef d'orchestre, retournent à leurs tables. Ils vont enfin retrouver l'appétit, les pauvres tontons abandonnés !

Mais celui qui le retrouve le mieux, c'est encore M. le chef d'orchestre en personne. Lui qui a toujours prêché que la solitude est nécessaire à toutes les « vraies natures d'artistes », et qui a toujours considéré son mariage d'antan comme un faux pas « affreusement bourgeois », il se sent le cœur très bourgeoisement réchauffé et épanoui.

Et quand, avec un sourire timide, sa fille saisit sa main, comme si elle redoutait qu'autrement papa ne s'envole, il a beau manger du jambonneau et non pas des quenelles, il se sent une boule dans la gorge !

Ah ! et voici que Franz, le garçon, revient

encore avec une nouvelle crêpe, en frétillant des deux basques de sa jaquette.

Lotte secoue ses boucles.

« Je n'en peux vraiment plus, monsieur Franz.

— Mais, Louison, fait le garçon d'un air plein de reproches, ce n'est pourtant que la cinquième ! »

Lorsque, passablement soucieux, M. Franz a battu en retraite dans la cuisine avec la cinquième crêpe, Lotte prend son courage à deux mains et dit :

« Sais-tu, papa ? À partir de demain, je mangerai toujours ce que toi tu mangeras.

— Par exemple ! s'exclame M. le chef d'orchestre. Et si par hasard je mange du petit salé ? Tu sais bien que tu ne peux pas le souffrir ! Que ça te barbouille l'estomac !

— Quand tu mangeras du petit salé, répond-elle ennuyée, eh bien ! cette fois-là, je mangerai des crêpes ! » (Ah ! ce n'est pas si simple qu'on imagine, d'être sa propre sœur !)

Mais qui arrive ?

Le conseiller Strobel et Peperl. Peperl n'est qu'un chien.

« Regarde, Peperl, dit en souriant M. le

conseiller, regarde qui est revenu ! Allons, va faire un petit bonjour à ta Louison ! »

Peperl frétille de la queue et trottine avec empressement vers la table des Brinkmann pour dire un petit bonjour à sa vieille amie Louison.

Mais, nom d'une pipe (pardon ! nom d'un chien !), voilà que Peperl, arrivé à la table, renifle la fillette et, loin de lui présenter ses civilités, court rejoindre son maître.

« L'animal ! remarque celui-ci sans indulgence. Ne pas reconnaître sa meilleure amie !

Tout ça sous prétexte qu'elle a passé quelques semaines à la campagne ! Et les gens nous cassent la tête à pérorer sur l'infaillible instinct des animaux ! »

Quant à Lotte, elle pense en aparté :

« Une chance que les conseillers soient moins fins que leurs chiens ! »

Chargés des cadeaux de ces messieurs, de la valise, de la poupée et du sac de plage, M. le chef d'orchestre et mademoiselle sa fille ont réintégré leur appartement, rue de la Tour-Rouge. Et Rési, la gouvernante, n'en finit plus de manifester sa joie.

Mais Lotte sait par Louise que Rési n'est qu'un faux jeton et que ces embarras ne sont que simagrées. Comme il va de soi, le père ne remarque rien. Les hommes sont aveugles.

Le chef d'orchestre sort un billet de son portefeuille, le donne à sa fille et dit :

« Ce soir, je dirige *Hänsel et Gretel,* de Humperdinck. Rési te conduira au théâtre et viendra te reprendre à la sortie.

— Oh ! fait Lotte, rayonnante. Est-ce que je te verrai, de ma place ?

— Bien sûr !

— Et regarderas-tu de temps en temps de mon côté ?

— Bien entendu.

— Et me permets-tu de te faire un petit signe, quand tu regarderas ?

— Bien mieux, ma Louison : je te rendrai ton petit signe. »

Là-dessus, la sonnerie du téléphone retentit. À l'autre bout du fil, on entend une voix de femme. Le père répond assez laconiquement, mais à peine a-t-il raccroché que c'est la grande presse. Il lui faut encore être seul quelques heures, n'est-ce pas ? pour travailler à une composition. Car, en définitive, il n'est pas seulement chef d'orchestre, mais aussi compositeur. Et il est absolument incapable de composer à la maison, absolument. C'est d'ailleurs pour cela qu'il a son atelier sur les boulevards. Donc :

« À demain midi, à l'*Impérial* !

— Vrai, tu veux bien que je te fasse un petit signe à l'Opéra, papa ?

— Naturellement, mon enfant. Pourquoi pas ? »

Il met un baiser sur le front sérieux de l'enfant et son chapeau sur sa tête bossuée d'artiste.

La porte claque derrière lui.

La petite va lentement à la fenêtre et réfléchit mélancoliquement à la vie. La maman, on ne la laisse pas travailler à la maison, et le père, il lui est impossible de travailler chez lui. Ce n'est pas rien que d'avoir des parents !

Cependant, comme l'éducation qu'elle tient de sa mère a fait d'elle une petite bonne femme pratique et résolue, elle remet vite au lendemain les méditations, s'arme de son calepin et, à l'aide des notes que lui a dictées Louise, la voici qui, méthodiquement, pièce par pièce, fait le tour du propriétaire.

Son voyage d'exploration une fois achevé, elle reprend ses vieilles habitudes, s'assoit à la table de la cuisine et vérifie les colonnes des dépenses, dans le fouillis du livre de comptes.

Ce faisant, elle constate deux choses : d'abord que Rési, la gouvernante, s'est trompée presque à chaque page ; et ensuite qu'elle s'est trompée chaque fois à son avantage.

« Eh bien ! qu'est-ce que cela signifie ? »

Rési est là, dans l'encadrement de la porte.

« J'ai refait tes comptes, dit Lotte d'une voix basse, mais ferme.

— En voilà maintenant des manières !

s'exclame Rési avec un air méchant. Si tu veux calculer, tu calculeras à l'école.

— Dorénavant, je vérifierai chaque jour tes comptes », déclare posément l'enfant.

Et elle saute à bas de son escabeau.

« Nous apprenons *à* l'école, mais pas *pour* l'école, a dit la maîtresse. »

Sur ce, elle fait une sortie très digne. Rési n'en revient pas et la regarde, éberluée.

Très honorés jeunes lecteurs et jeunes lectrices de tout âge !

Il commence à être temps, je le crois et le crains, de vous dire un mot des parents de Louise et de Lotte, et surtout de vous raconter comment ils en sont venus jadis au divorce. Et si jamais, à cet endroit du livre, une grande personne lit par-dessus votre épaule et s'exclame : « Cet individu ! Pour l'amour de Dieu, comment ose-t-il raconter de pareilles horreurs à des enfants ! » Alors lisez-lui donc ceci :

Quand Shirley Temple n'était qu'une petite fille de sept à huit ans, c'était déjà une star de réputation mondiale, et les producteurs cinémato-

graphiques gagnaient avec elle des millions de dollars. Mais quand Shirley voulait aller au cinéma avec sa mère pour voir un de ses propres films, on ne la laissait pas entrer. Elle était trop jeune. C'était défendu. Elle n'avait que le droit de tourner. Ça, c'était permis. Pour ça, elle avait l'âge.

Si la grande personne qui lit par-dessus votre épaule ne saisit pas le rapport entre le cas de Shirley Temple, les parents de Louise et de Lotte et leur divorce, dites-lui bien le bonjour de ma part. Dites-lui de ma part encore qu'il y a des milliers et des milliers de parents divorcés, et des milliers et des milliers d'enfants qui en souffrent. Apprenez-lui aussi qu'il y a des milliers et des milliers d'autres enfants qui, eux, souffrent de ce que leurs parents ne divorcent pas. Si on admet que les gosses souffrent de cet état de choses, c'est vraiment montrer un cœur trop tendre et une cervelle à l'envers que de ne pas consentir à leur en parler avec bon sens et clarté.

Donc, M. le chef d'orchestre Brinkmann est un artiste, et il est notoire que les artistes sont des êtres singuliers.

Sans doute, il ne porte pas de sombrero ni de

lavallière (au contraire, il est habillé de façon fort civile, très proprement et presque avec élégance), mais sa vie intérieure, quelle complication ! Quelle affaire ! Chaque fois que lui vient l'idée d'un thème, il lui faut sur-le-champ être seul, pour le noter et le développer. Et des idées de cet ordre, il n'est pas rare qu'il en ait lorsqu'il se trouve en société.

« Où est encore passé Brinkmann ? » demande alors le maître de maison.

Et quelqu'un répond :

« Probablement a-t-il eu une idée nouvelle ! »

Le maître de céans fait un sourire aigre-doux, mais, en son for intérieur, il pense :

« Le mufle ! On ne peut tout de même pas s'esquiver chaque fois qu'on a une idée ! »

Si, pourtant : le chef d'orchestre Brinkmann est homme à le faire.

Il s'esquivait de sa propre maison quand, jadis, il était encore marié, tout jeune, épris, plein d'ambition, heureux et toqué tout à la fois.

Et, comme les petites jumelles piaillaient jour et nuit dans l'appartement, lorsque le Philharmonique de Vienne mit en répétition son premier concerto pour piano et orchestre, il déménagea tout simplement son piano et le fit transporter dans l'atelier qu'il avait loué sur les boulevards par désespoir d'artiste !

Il avait en ce temps-là beaucoup d'idées : il lui arriva donc de ne revenir que par exception vers sa jeune femme et les deux petits fauves.

Louiselotte Brinkmann, née Körner, comptait à peine vingt printemps et ne trouva pas cela très matrimonial. Et, quand il parvint à ses oreilles d'à peine vingt printemps que monsieur son époux ne se contentait pas, dans son atelier, de mettre des notes noir sur blanc, mais qu'il faisait répéter leurs rôles à des chanteuses de l'Opéra qui le trouvaient charmant, elle demanda avec indignation le divorce !

M. le chef d'orchestre, à qui sa solitude créatrice donnait tant de tracas, se trouva dès lors merveilleusement tiré d'affaire. Il put dorénavant être seul tout son soûl. La jumelle, qui lui avait été confiée après le divorce, fut prise en charge par une bonne d'enfants dans l'appartement de la rue de la Tour-Rouge. Et dans son atelier des boulevards il vit enfin tous ses vœux exaucés : plus âme qui vive ne s'inquiétait de lui !

Mais, à la fin, il en eut assez. Oh ! ces artistes ! Ils ne savent absolument pas ce qu'ils veulent ! Toujours est-il qu'il continua à composer et à diriger activement son orchestre et devint d'année en année plus célèbre. D'ailleurs, quand il avait le cafard, rien de plus simple : il faisait un tour jusqu'à l'appartement et jouait un peu avec sa fille.

À Munich, chaque fois que, dans un concert, on donnait une nouvelle œuvre de Ludwig

Brinkmann, Louiselotte Körner prenait un billet et, toute repliée sur elle-même à l'un des derniers rangs, concluait en écoutant la musique de son ancien mari qu'il n'était pas devenu un homme heureux. Malgré ses succès. Et malgré sa solitude.

6

Où est la boutique de Mme Wagenthaler ? – Tout de même, la cuisine, ça ne s'oublie pas ! – À l'Opéra, Lotte fait son petit signe. – Une pluie de pralines. – Première nuit à Munich et première nuit à Vienne. – Un rêve abracadabrant où Mlle Gerlach tient un rôle de sorcière. – Les parents ont tous les droits. – Poste restante : « Sœurette, Murich, 18 ».

Mme Louiselotte Körner a tout juste eu le temps de ramener sa fille dans son minuscule appartement de la rue Max-Emmanuel. Puis, à contrecœur et hâtivement, il lui a fallu repartir au *Petit Illustré*. Il y a du travail qui l'attend. Et le travail ne saurait attendre.

Louise (non ! Lotte) a fait pour s'orienter un petit tour dans l'appartement. Ensuite elle a pris la clef, le porte-monnaie et un filet. Et la voici partie faire les courses. Chez le boucher Huber, au coin de la rue du Prince-Eugène, elle fait emplette d'une demi-livre de bœuf, dans le plat de côtes. Un morceau bien entrelardé, auquel le boucher ajoute du gras et quelques os. Mais, présentement, elle cherche désespérément l'épicerie de Mme Wagenthaler, afin d'acheter des légumes, des nouilles et du sel.

Et Annie Habersetzer n'est pas peu stupéfaite de trouver sa compagne de classe Lotte Körner arrêtée au beau milieu de la chaussée, en train de tourner fébrilement les pages d'un calepin.

« Est-ce que tu fais tes devoirs en pleine rue ? demanda-t-elle avec intérêt. On est pourtant encore en vacances. »

Louise, désemparée, ouvre des yeux ronds. C'est aussi trop bête d'être interpellée par quelqu'un qu'on n'a jamais vu de sa vie, mais qu'on se doit de connaître intimement ! En fin de compte, elle se ressaisit et, tout heureuse de sa trouvaille, répond :

« Bonjour ! Viens-tu avec moi ? Il faut que j'aille chez Mme Wagenthaler acheter des légumes. »

Puis elle s'accroche à l'autre – ah ! cette gosse

avec ses taches de rousseur, si au moins elle savait son prénom ! – et, sans faire mine de rien, se laisse piloter jusqu'à la boutique de Mme Wagenthaler.

Il va de soi que Mme Wagenthaler est heureuse de voir la petite Lotte Körner revenue de vacances avec de si belles joues rouges. Une fois les achats terminés, les deux fillettes reçoivent chacune un bonbon et sont priées de dire bien le bonjour à Mme Körner et à Mme Habersetzer.

Louise se sent un grand poids de moins sur la poitrine. Elle sait enfin que l'autre, ça doit être Annie Habersetzer ! (*Annie Habersetzer,* dit le calepin : *je me suis fâchée trois fois avec elle parce qu'elle tape sur les petits, en particulier sur Ilse Merck, la plus jeune de la classe.*) Bon ! Maintenant, on y est !

Quand elles se quittent devant la porte, Louise fait donc :

« Pendant que j'y pense, Annie, je me suis fâchée trois fois avec toi à cause de la petite Ilse Merck, hein ? Tu te rappelles ? Eh bien ! la prochaine fois, je ne me contenterai pas de me fâcher, je... »

Elle accompagne ces déclarations d'un mou-

BOIRY

vement de la main qui n'a rien d'évasif, et la voilà partie.

« Ça, on verra, pense Annie, furibarde. On verra dès demain ! Les vacances lui ont monté à la tête, pour sûr ! »

Louise prépare le souper. Elle a passé autour d'elle un tablier de maman et, comme une toupie, va et vient du fourneau à gaz, où il y a des casseroles sur le feu, à la table sur laquelle le livre de cuisine est grand ouvert. À chaque instant, elle soulève le couvercle des casseroles. Quand ça siffle et que l'eau bouillante passe pardessus bord, elle a un sursaut de tout le corps. Combien fallait-il mettre de sel pour la cuisson ? « Une demi-cuillerée. » Combien de sel de céleri ? « Une dose. » Pour l'amour de Dieu, combien cela fait-il, une dose ? Que dit le livre encore ? « Râper une muscade. » Où sont fourrées les muscades ? Où est la râpe ?

La fillette met les tiroirs sens dessus dessous, grimpe sur des chaises, explore toutes les boîtes d'ingrédients, considère, hypnotisée, la pendule, dégringole de sa chaise, soulève un couvercle, se brûle les doigts, pousse un cri de goret qu'on égorge, pique çà et là de la fourchette dans le morceau de bœuf ; non, ça n'est pas encore cuit.

Fourchette en main, elle demeure clouée sur place. Qu'est-ce qu'elle voulait chercher tout à l'heure ? Ah ! oui, les muscades et la râpe ! Mais, sapristi ! qu'est-ce que c'est encore que ça, qui reste en souffrance près du livre de cuisine ? Les légumes ! Seigneur Dieu ! Il faut dare-dare les éplucher et les mettre dans le bouillon ! Çà donc, laissons la fourchette, prenons le couteau ! Savoir si maintenant la viande est à point ? Et où sont les muscades et la râpe ? Quelle barbe, cette râpe et ces muscades ! les légumes, il faut d'abord les mettre sous le robinet. Et, les carottes il faut les gratter. Aïe ! il ne s'agit pas de se couper pendant l'opération. Et, quand la viande est cuite, il faut la sortir de la casserole. Et, pour pêcher ensuite les os, il faut une écumoire. Et maman qui revient dans une demi-heure ! Et vingt minutes avant il faut mettre les nouilles dans l'eau bouillante ! Et les muscades ? Et l'écumoire ? Et la râpe ? Et... ? et... ? et... ?

Louise s'effondre sur une chaise. Ah ! ma petite Lotte, ce n'est pas facile d'être toi ! Où sont, hélas ! l'*Hôtel Impérial* ? Le conseiller

Strobel ? Peperl ? M. Franz ? Et papa... papa... papa ?

Tic-tac, continue de faire la pendule.

Plus que vingt-neuf minutes et maman arrive ! Plus que vingt-huit minutes et demie. Plus que vingt-huit minutes.

Louise prend son courage à deux mains et se lève pour repartir à l'assaut.

« Marche ou crève ! » grogne-t-elle.

Mais la cuisine, c'est vraiment une drôle de chose ! La résolution, ça suffit peut-être pour sauter du haut d'une tour. Mais pour faire cuire du bœuf aux nouilles, il faut plus que du cran.

Et lorsque, harassée du tohu-bohu de la journée, Mme Körner rentre au logis, il s'en faut bien, mes amis, qu'elle trouve sur le pas de la porte une petite ménagère qui l'attend avec le sourire ! Ce qu'elle trouve, c'est une petite ruine malheureuse, une petite chiffe qui n'en peut plus, un petit rogaton confus et tout fripé qui, dans une moue désolée, laisse échapper :

« Ne m'attrape pas, maman ! La cuisine, je crois bien que je ne sais plus la faire !

— Mais voyons, ma petite Lotte, la cuisine, ça ne s'oublie pas ! » s'exclame sa maman, stupéfaite.

Cependant, il y a mieux à faire que de s'ébahir : il y a des larmes enfantines à sécher, le bouillon à goûter, les assiettes et les couverts à sortir du buffet, et bien d'autres choses encore.

Quand enfin elles sont dans le studio, sous la lampe, et qu'elles avalent leurs cuillerées de soupe :

« Mais c'est très bon, en fin de compte ! dit maman pour consoler l'enfant.

— Tu crois ? Vraiment ? »

Et un sourire furtif éclaire le jeune visage.

Maman hoche la tête avec conviction et silencieusement répond au sourire.

Louise respire et, tout d'un coup, il lui semble qu'elle n'a jamais rien mangé de meilleur. Malgré l'*Impérial* ! Malgré les crêpes !

« Ces jours-ci, je cuisinerai moi-même. Tu n'auras qu'à bien faire attention, ça te reviendra tout de suite, comme avant les vacances. »

Louise approuve, dans un grand transport d'espoir.

« Peut-être même que je saurai mieux qu'avant », ajoute-t-elle avec quelque présomption.

Après le repas, elles lavent ensemble la vaisselle. Et Louise raconte comme on était bien là-bas, en vacances. Mais elle ne souffle mot de la fillette qui lui ressemblait à s'y méprendre.

Cependant, parée des plus beaux atours de Louise, Lotte tient à deux mains l'appui de velours d'une avant-scène, à l'Opéra de Vienne, et, les yeux brillants, regarde en bas vers l'orchestre, où le maestro Ludwig Brinkmann dirige l'ouverture de *Hänsel et Gretel*.

Ce qu'il est beau, papa, dans son frac ! Et comme devant lui les musiciens sont dans leurs petits souliers, bien que parmi eux il y ait de très vieux messieurs ! Quand il fait de la baguette un grand geste menaçant, ils jouent de toutes leurs forces. Et, quand il veut qu'ils baissent le ton, alors c'est un murmure comme celui du vent du soir. Qu'ils doivent avoir peur de lui ! Et quelle assurance dans le sourire que tout à l'heure il a lancé vers la loge !

Précisément, la porte de la loge s'ouvre.

Une élégante jeune femme entre dans un frou-frou, s'assied au premier rang et sourit à l'enfant, qui lève les yeux.

Lotte détourne timidement la tête et se remet à admirer comment papa dresse son monde.

Coup sur coup, la jeune femme sort des lorgnettes, puis une boîte de pralines, puis un programme, puis un poudrier. Elle ne s'arrête que lorsque l'appui de velours ressemble à un étalage.

À la fin de l'ouverture, les applaudissements éclatent. M. le chef d'orchestre Brinkmann s'incline à plusieurs reprises. Et, tandis qu'il lève à nouveau sa baguette, il regarde là-haut, vers la loge.

Lotte lui fait un petit signe hésitant de la

main. Et papa répond par un sourire encore plus tendre que tout à l'heure.

Mais, soudain, que remarque Lotte ? Qu'elle n'est pas seule à se livrer à ce manège ! Que la dame d'à côté en fait autant !

Quoi ! la belle dame fait signe à papa ! Et c'est pour elle, peut-être, qu'il a souri avec tant de tendresse ! Pour elle et nullement pour sa fille ? Quoi ? Comment se fait-il que Louise n'ait rien dit de cette étrangère ? Papa ne la connaît-il que depuis peu ? Mais comment se permet-elle de lui faire signe si familièrement ? L'enfant note en pensée : « Écrire ce soir encore à Louise, pour le cas où elle saurait quelque chose. Expédier la lettre demain matin, avant l'école : *Sœurette, poste restante, Munich, 18.* »

Le rideau se lève, et le destin de Hänsel et de Gretel requiert comme il se doit l'attention. Lotte en perd le souffle. Des parents, sur la scène, envoient leurs enfants dans la forêt, pour se débarrasser d'eux. Et pourtant ils les aiment ! Alors, comment peuvent-ils être si méchants ? Ou bien n'y a-t-il là aucune méchanceté ? Est-ce seulement ce qu'ils font qui est méchant ? Ils sont tristes de le faire. Pourquoi le font-ils donc ?

Lotte, cette pauvre moitié d'un tout (et encore une moitié qui joue l'autre moitié !), est travaillée par un étonnement qui ne finit pas de grandir. Sans qu'elle en ait pleinement conscience, l'imbroglio auquel elle se heurte est de moins en moins celui des deux enfants et des parents, là-bas, sur la scène, mais de plus en plus celui où elle est elle-même plongée, avec sa jumelle et ses propres parents. Ceux-ci avaient-ils le droit de faire ce qu'ils ont fait ? À coup sûr maman n'est pas méchante, et papa non plus n'est pas méchant. Mais ce qu'ils ont fait, et ils l'ont fait ! c'était méchant ! Le bûcheron et sa femme étaient si pauvres qu'ils ne pouvaient plus acheter de pain pour leurs petits. Mais papa ? En était-il réduit à cette pauvreté ?

Quand vient la scène où Hänsel et Gretel débouchent devant la croustillante maisonnette de pain d'épice, y grignotent çà et là et sont soudain glacés de frayeur par la voix de la sorcière, Mlle Irène Gerlach (car tel est le nom de l'élégante dame) se penche vers l'enfant, lui glisse la boîte de pralines et murmure :

« Veux-tu en croquer, toi aussi ? »

Lotte sursaute, lève les yeux, voit devant elle le visage de la jeune femme et fait un violent geste de refus. Malheureusement son geste balaie la boîte, et voici que sur les places d'orchestre s'abat, comme sur commande, une averse de pralines. Grand mouvement de têtes vers là-haut. Des rires étouffés se mêlent à la musique. Mlle Gerlach rit jaune.

La fillette se raidit d'effroi. Elle n'a été arrachée, d'un seul coup, au dangereux sortilège de la fiction que pour se trouver plongée dans le sortilège non moins dangereux de la réalité.

« Je vous demande mille fois pardon, bégaie-t-elle.

— Oh ! il n'y a pas de quoi, Louison ! » fait la dame avec un sourire indulgent.

Savoir si elle aussi n'est pas une sorcière ? Plus belle que celle de là-bas, sur la scène, mais une sorcière.

Louise va passer sa première nuit à Munich. Maman est assise au bord du lit.

« Allons, ma petite Lotte, dors bien ! Et fais de jolis rêves !

— Si je ne suis pas trop fatiguée pour cela, murmure l'enfant. Est-ce que tu te couches bientôt ? »

Il y a un grand lit en face, contre le mur. La

couverture est rabattue, la chemise de nuit de maman s'y trouve déjà. Il ne reste qu'à la passer.

« Je viens tout de suite, dès que tu dormiras », dit la mère.

L'enfant lui noue ses bras autour du cou et lui donne un baiser. Puis un second. Puis un encore.

« Bonne nuit ! »

La jeune femme serre la fillette contre elle.

« Je suis si heureuse que tu sois revenue ! Je n'ai que toi, tu sais ! »

Lourde de sommeil, la tête de l'enfant retombe sur l'oreiller. Louiselotte Brinkmann, née Körner, borde sa fille avec amour et reste un moment à écouter sa respiration. Puis elle se lève avec précaution et, sur la pointe des pieds, elle regagne le studio.

La clarté de la lampe, une serviette, des dossiers. Il y a encore tant à faire !

Lotte, c'est l'acariâtre Rési qui l'a couchée pour sa première nuit. L'enfant s'est aussitôt relevée en cachette pour écrire la lettre qu'elle postera dès demain matin. Puis, sans bruit, elle s'est de nouveau glissée dans le lit de Louise. Avant de tourner le bouton, elle a une fois encore, tout à son aise, considéré la chambre.

C'est une grande et belle pièce avec, là-haut, une frise où se déroulent des contes de fées, avec une armoire à jouets, une épicerie, une jolie coiffeuse à l'ancienne mode, une voiture et un lit de poupée. Rien n'y manque, que l'essentiel !

Combien de fois – mais en le gardant jalousement pour elle, mais en veillant à ce que maman n'en sût rien ! – n'a-t-elle pas souhaité d'avoir une si belle chambre ! Et maintenant qu'elle l'a, elle se sent pénétrée d'une douleur aiguë, lancinante, où se mêlent l'envie et le désespoir. Il lui manque la chambre toute simple où sa sœur est couchée à présent, le baiser du soir à maman, le rai de lumière qui vient du studio où maman travaille encore ; il lui manque d'entendre ensuite la porte s'ouvrir doucement, et maman qui s'arrête un instant près du lit puis qui, sur la pointe des pieds, se dépêche vers le sien, enfile sa chemise de nuit et se blottit sous la couverture.

Ah ! si papa couchait ici, ne fût-ce que dans la pièce à côté ! Peut-être ronflerait-il ? Que ce serait beau ! On saurait au moins qu'il est tout

près d'ici ! Mais il ne dort pas à côté, il dort ailleurs, boulevard de Carinthie. Peut-être même ne dort-il pas encore ; peut-être est-il assis, près de l'élégante dame aux pralines, dans une pièce illuminée. Il trinque, il rit, il danse avec elle et, comme tout à l'heure à l'Opéra, il lui fait signe tendrement. À elle. Pas à la petite fille qui, de la loge, se faisait un tel bonheur de lui faire signe à la dérobée.

Lotte s'endort. Elle rêve. Le conte des pauvres parents qui, parce qu'ils n'ont pas de pain à la maison, envoient Hänsel et Gretel dans la forêt se mêle à ses propres angoisses, à sa propre détresse.

Dans ce rêve, Lotte et Louise sont assises dans le même lit, les yeux agrandis par la peur. Elles surveillent une porte par laquelle, à n'en plus finir, des mitrons en toques blanches surgissent, traînant derrière eux de pleines panières de miches. Ils empilent les pains contre les murs, et il y a toujours plus de mitrons qui surviennent et s'en vont. Les montagnes de pains grandissent. La pièce rapetisse à vue d'œil.

Puis voici papa, en frac, qui, avec force gestes, dirige la pantomime des mitrons. Maman survient, affolée :

« Mais, mon ami, qu'allons-nous devenir ?

— Il faut que les enfants s'en aillent ! crie-t-il avec un air méchant. Nous n'avons plus de place pour eux. Il y a trop de pain à la maison. »

Maman se tord les mains, les enfants sanglotent à faire pitié.

« Dehors ! » hurle-t-il d'un ton menaçant, en brandissant sa baguette de chef d'orchestre.

Alors le lit se met à rouler vers la fenêtre. Les persiennes s'ouvrent toutes grandes. Le lit passe par la fenêtre.

Il survole une grande ville, un fleuve, des collines, des champs, des montagnes, des forêts. Puis il redescend vers la terre et atterrit dans une immense, dans une inextricable forêt de la préhistoire, où l'écho ne renvoie que de lugubres croassements d'oiseaux et des rugissements de fauves. Dans leur lit, les deux fillettes sont dressées sur leur séant et paralysées de frayeur.

Des craquements de branches, des crépitements...

Les enfants tombent à la renverse et se cachent sous la couverture. Du hallier surgit la sorcière. Mais ce n'est pas la sorcière de tout à l'heure, elle ressemblerait plutôt à la dame aux pralines. Elle a ses lorgnettes, les braque vers le petit lit, secoue la tête et, avec un sourire hautain, frappe trois fois dans ses mains.

Aussitôt la sombre forêt se métamorphose en une prairie ensoleillée. Et, sur la prairie, se dresse une maison faite de boîtes de confiseur, qu'entoure une palissade de tablettes de chocolat. Des oiseaux vocalisent joyeusement, des lièvres de massepain font la cabriole dans l'herbe. Partout resplendissent des nids dorés, avec dedans des œufs de Pâques.

Un petit oiseau vient se percher sur le lit et

lance de si jolies roulades que Lotte et Louise se risquent à sortir des couvertures le bout de leur nez. Quand elles voient la prairie, le lièvre de Pâques, les œufs en chocolat et la maison de pralines, elles sautent à terre et courent à la palissade. Et elles restent là, dans leurs longues chemises de nuit, à s'émerveiller.

« Chocolat au caramel et au nougat, qualité extra ! annonce Louise.

— Et il y en a aussi du blanc ! » s'exclame Lotte avec enthousiasme.

Car, même en rêve, elle n'aime que celui-là.

Louise arrache toute une tablette de la palissade :

« Aux noisettes ! » fait la gourmande.

Et elle s'apprête à y mordre.

Mais de la maison, fuse un éclat de rire. La sorcière ! Les enfants sont glacées d'épouvante. Louise rejette au loin la tablette.

Alors, toute haletante, maman débouche sur le pré, poussant une pleine brouette de pain.

« Non, non ! mes enfants ! crie-t-elle du plus loin, avec angoisse. N'y touchez pas, tout est empoisonné !

— Mais on a faim, maman !

— Tenez, voilà du pain ! J'étais prise au bureau, je n'ai pas pu venir plus tôt. »

Elle embrasse les enfants et se prépare à les emmener de force. Mais voici que s'ouvre la porte de pralines. Le père apparaît, armé d'une grande scie de bûcheron, et crie :

« Laissez les enfants tranquilles, madame Körner !

— Mais ce sont les miens, monsieur Brinkmann !

— Les miens aussi ! » hurle-t-il en réponse.

Et, tandis qu'il approche, il déclare froidement :

« Je vais les couper. Avec ma scie. Je prendrai pour moi une moitié de Lotte et une moitié de Louise, et vous aurez les deux autres moitiés, madame Körner ! »

Les deux jumelles, tremblantes, ne font qu'un bond vers leurs couvertures.

Maman, les bras en croix, barre la route au père.

« Vous ne passerez pas, monsieur Brinkmann ! »

Le père l'écarte sans plus de façon et se met, en commençant par le haut, à scier le lit en deux. La scie crisse à vous glacer la moelle et, centimètre par centimètre, divise le lit dans le sens de la longueur.

« Lâchez-vous ! » ordonne le père.

Les deux sœurs sont accrochées l'une à l'autre. Lentement, impitoyablement, l'horrible outil s'approche de leurs mains emmêlées. Il va bientôt entamer la peau.

Maman pleure toutes les larmes de son corps.

On entend le rire sarcastique de la sorcière.

Enfin les enfants relâchent leur étreinte.

Et bientôt il n'y a plus un lit, mais deux lits, chacun sur quatre pieds.

« Laquelle voulez-vous, madame Körner ?

— Les deux, les deux !

— Mille regrets, fait le mari. Il faut qu'il y ait une justice. Eh bien ! si vous êtes incapable de vous décider, moi, je prends celle-ci. Au surplus, ça m'est égal, je ne sais pas les reconnaître l'une de l'autre. »

Il empoigne la première venue.

« Toi, laquelle es-tu ?

— Louison ! crie-t-elle, mais tu ne vas tout de même pas faire ça !

— Non ! non ! crie Lotte. Vous n'avez pas le droit de nous séparer !

— Silence ! réplique l'homme inexorablement. Les parents ont tous les droits ! »

Et le voilà parti, traînant derrière lui, par une ficelle, un des lits d'enfant. Il se dirige vers la maison de pralines ; la palissade de chocolat s'ouvre d'elle-même.

Lotte et Louise se font des signes d'adieu désespérés.

« On s'écrira ! hurle Louise.

— Poste restante ! répond Lotte. *Soeurette, Munich, 18.* »

Le père et Louise disparaissent dans la maison. Puis la maison disparaît elle-même, comme si le vent l'avait soufflée.

La maman embrasse Lotte et dit tristement :

« Nous serons maintenant la veuve et l'orpheline. »

Puis, désemparée et fixant l'enfant :

« Mais laquelle es-tu donc ? On dirait Lotte !

— Mais je suis Lotte !

— Lotte ? On te prendrait pour Louise !

— Mais je suis Louise ! »

Prise de panique, la mère dévisage la fillette et, d'une voix qui rappelle étrangement celle du père :

« Une nattée, une bouclée, c'est bonnet blanc et blanc bonnet. »

Voici Lotte avec une natte à gauche, mais avec, à droite, les folles mèches de Louise. Elle fond en larmes et murmure de guerre lasse :

« Dire que je ne sais plus moi-même laquelle de nous deux je suis ! Pauvre petite moi ! Pauvre petite moitié ! »

7

Des semaines ont passé. – Peperl s'est fait une raison. – Des crêpes, ça n'a pas d'os. – On ne reconnaîtrait plus personne, pas même Rési. – Le chef d'orchestre Brinkmann donne des leçons de piano. – Mme Körner se fait des reproches. – Annie Habersetzer reçoit des taloches. – Un week-end plus beau que tout au monde !

Des semaines ont passé depuis cette première journée et cette première nuit dans un monde inconnu et parmi des inconnus. Des semaines durant lesquelles chaque instant, chaque hasard et chaque rencontre étaient gros de dangers et pouvaient tout découvrir. Des semaines avec maints battements de cœur et mainte lettre poste restante, qui réclamait d'urgence des éclaircissements.

Tout a marché heureusement. Non sans un peu de chance, bien entendu. Louise a « retrouvé » ses talents de cuisinière. À Munich, les maîtresses ont assez bien pris leur parti de voir la petite Körner rentrer de vacances moins studieuse, moins ordonnée et moins attentive, mais en compensation plus vivante et avec une « promptitude de réaction » qu'on ne lui connaissait pas.

À Vienne, leurs collègues sont, de leur côté, enchantées de ce que la fille du chef d'orchestre Brinkmann suive maintenant avec plus de zèle et sache mieux sa table de multiplication. Hier encore, dans la salle des professeurs, Mlle Getettner confiait non sans quelque emphase à Mlle Bruckbaur :

« Pour qui a l'œil pédagogique, suivre le développement de Louise est, ma chère collègue, un enseignement riche en leçons. Qu'un tempérament si exubérant ait abouti à cette tranquille efficacité, à cette maîtrise de soi ; que de tant de pétulance, d'espièglerie et de penchant à ne considérer le travail que comme une friandise ait surgi cette volonté de se cultiver qui ne connaît pas de défaillance et qui entre jusque dans le moindre détail, oui, il y a là, ma chère collègue, quelque chose d'unique. Et n'oubliez pas ceci : que cette transformation et cette métamorphose de tout un caractère, cette sublimation et cette épuration ont eu lieu en toute indépendance, sans que l'éducateur ait exercé de l'extérieur la moindre pression ! »

Mlle Bruckbaur a approuvé énergiquement et a reparti :

« Cet auto-développement du caractère, cet entêtement à se former ne se manifestent pas avec moins d'éclat dans le changement de l'écriture de Louise. C'est bien ce que je répète à tout bout de champ, que l'écriture et le caractère... »

Mais faisons-nous grâce de ce que Mlle Bruckbaur répète à tout bout de champ !

Apprenons plutôt, avec une reconnaissance sans réserve, que Peperl, le chien du conseiller Strobel, a repris depuis quelque temps sa vieille habitude de venir, à la table de M. le chef d'orchestre Brinkmann, faire son petit bonjour à la fillette. Encore que cela dépasse son entendement de chien, il a fini par prendre son parti de ne plus reconnaître en Louison, quand il la flaire, la Louison d'autrefois. Avec des êtres humains, il faut s'attendre à tout. Pourquoi pas à cela ? Sans compter que la chère petite ne mange plus aussi souvent des crêpes et préfère maintenant dévorer à belles dents de la viande. Pour peu qu'on considère que les crêpes n'ont pas d'os, mais qu'au contraire les côtelettes en comportent avec une fréquence qui réjouit le cœur, on comprendra doublement que la brave bête ait triomphé de ses réserves.

Et, si même les maîtresses de Louise découvrent que l'enfant a changé d'une façon stupéfiante, que ne diraient-elles pas de Rési, pour peu qu'elles connussent d'un peu plus près la gouvernante ? Car ici pas de question : Rési est des pieds à la tête devenue tout autre. Peut-être n'était-il pas dans le fond de sa nature d'être un brin voleuse, un peu souillon et assez flemmarde. Peut-être ne manquait-il que l'œil aigu qui surveille tout et qui voit tout ?

Depuis que Lotte est là et que silencieusement, mais infailliblement, elle exerce son contrôle et est au courant de tout ce qui se passe dans la cuisine et dans la cave, Rési est devenue une perle.

Lotte a convaincu papa de ne plus confier dorénavant à Rési l'argent du ménage, mais de

le lui remettre en main propre. Et c'est passablement drôle de voir Rési frapper à la porte de la chambre de l'enfant pour venir demander de l'argent à la gosse de neuf ans qui est là, gravement assise à son pupitre, en train de recopier ses devoirs. Docilement, Rési énumère les achats qu'elle doit faire, annonce ce qu'elle a l'intention de servir au souper, fait part de tout ce qu'il peut falloir pour la maison.

En un clin d'œil, Lotte chiffre à peu près les dépenses, inscrit le montant dans un cahier, et le soir, dans la cuisine, on fait consciencieusement les comptes. Même papa a remarqué qu'il fallait autrefois plus d'argent pour le ménage ; que maintenant, bien qu'il débourse moins, il y a régulièrement des fleurs sur la table et qu'il y en a aussi dans l'atelier des boulevards ; qu'enfin, rue de la Tour-Rouge, ça sent bigrement bon le chez-soi. « On dirait, ma foi ! qu'il y a une femme dans la maison », a-t-il pensé tout récemment, et cette idée l'a laissé rêveur...

Que maintenant il s'attarde plus souvent et plus longuement rue de la Tour-Rouge, Mlle Irène Gerlach, la dame aux pralines, n'a pas été, de son côté, sans en faire la remarque. Et elle a demandé à ce sujet des explications à M. le chef d'orchestre. Naturellement, en y mettant les formes, car les artistes sont susceptibles.

« Oui, oui, a-t-il fait, il y a quelques jours, j'arrive et je trouve Louison tranquillement assise devant le clavier, en train de pianoter, et de chanter une petite chanson tout bonnement charmante. Quand on songe que jadis elle ne se serait jamais mise au piano, même si on l'avait rouée de coups !

— Alors ? a interrogé Mlle Gerlach en relevant les sourcils jusqu'à la naissance des cheveux.

— Alors ? – Et M. Brinkmann a ri avec embarras. Alors, depuis, je lui donne des leçons de piano, ça lui fait diablement plaisir. À moi aussi, d'ailleurs. »

Mlle Gerlach lui a jeté un regard plein de dédain. Car, dans le monde des lettres et des arts, elle passe pour une femme supérieure. Puis, d'un ton pointu, elle a déclaré :

« Moi qui vous prenais pour un compositeur ! Je ne savais pas que vous étiez professeur de musique et que vous donniez des leçons de piano aux petites filles ! »

Autrefois, jamais personne ne se serait avisé de lancer pareille chose à la figure du maestro Brinkmann ! Mais il s'est mis à rire comme un potache et s'est exclamé :

« N'empêche que je n'ai jamais tant composé de ma vie ! Ni jamais fait d'aussi bonnes choses !

— Et qu'en sortira-t-il ?

— Un opéra pour enfants », a-t-il répondu.

Aux yeux des maîtresses, voilà donc Louise qui a changé. Aux yeux de l'enfant, c'est Rési et

Peperl qui ont changé. Aux yeux du père, c'est l'appartement de la rue de la Tour-Rouge. Que de changements ! Que de changements !

Et à Munich aussi il y a naturellement bien des choses qui ont changé. Quand maman a remarqué que sa petite Lotte n'était plus la même petite maîtresse de maison qu'autrefois et qu'à l'école elle se montrait moins appliquée, mais qu'en revanche elle était plus primesautière et plus joyeuse, elle a fait son examen de conscience et s'est dit à elle-même :

« Louiselotte, tu as pris un petit être facile à modeler, et tu en as fait une intendante, mais pas un enfant. Il lui a suffi de vivre quelques semaines avec des compagnes de son âge, à la montagne, au bord du lac, pour devenir aussitôt ce qu'elle aurait toujours dû être : une gamine pleine d'entrain, qui ne porte pas le poids de tes soucis. Fi donc ! Tu as agi en égoïste ! Réjouis-toi de ce que l'enfant soit gaie et heureuse ! La belle affaire si elle casse une assiette en lavant la vaisselle ! La belle affaire, même, si la maîtresse m'écrit : *L'attention, l'amour de l'ordre et l'application de Lotte laissent malheureusement, depuis peu, considérablement à désirer. Hier encore, elle a de nouveau administré quatre gifles retentissantes à sa camarade de classe Annie Habersetzer.* Une maman a beau avoir tous les soucis qu'on voudra, elle a, plus que tout, le devoir de veiller à ce que sa fillette ne soit pas prématurément chassée du paradis de l'enfance. »

Voilà, entre autres, les graves réflexions que s'est faites à elle-même Mme Körner, et un beau jour elle les a formulées à Mlle Linnekogel, la maîtresse de Louise.

« Je veux que mon enfant, a-t-elle dit, soit un enfant et non pas une petite grande personne ! J'aime mieux que Lotte ait le diable au corps que de rester par la contrainte votre meilleure élève !

— Mais Lotte s'entendait parfaitement, autrefois, à concilier travail et gaieté, a fait observer, d'un ton assez piqué, Mlle Linnekogel.

— Les raisons qui font qu'elle ne le peut plus, je les ignore. Quand une femme a un métier, il y a chez son enfant trop de choses qui lui échappent. Il est hors de doute que tout cela n'est pas sans quelque rapport avec les vacances. Mais ce que je sais et ce que je vois, c'est que Lotte n'est plus capable de ce qu'on lui demande. Et pour moi cela tranche la question. »

Mlle Linnekogel a tripoté nerveusement ses lunettes.

« En ma qualité d'éducatrice et d'institutrice de votre fille, j'ai malheureusement d'autres vues. Il va de mon devoir, et je le remplirai, d'essayer de rendre à cette enfant son harmonie intérieure !

— Trouvez-vous vraiment qu'un peu de

dissipation durant l'heure de calcul et que quelques taches sur le cahier d'écriture... ?

— Vous faites bien d'en parler, madame Körner, du cahier d'écriture ! Précisément, l'écriture de l'enfant prouve de façon éclatante que la petite a perdu... disons... son équilibre psychique ! Mais laissons de côté l'écriture ! Estimez-vous raisonnable que Lotte se mette à rouer de coups ses compagnes de classe ? »

« Ses » compagnes de classe ? Mme Körner a appuyé intentionnellement sur le pluriel.

« Autant que je sache, elle n'a frappé que la petite Annie Habersetzer.

— Qu'Annie ?

— Et ladite Annie a largement mérité les taloches qu'elle a reçues. Il fallait bien qu'en définitive il y eût quelqu'un pour les lui flanquer !

— Madame Körner, madame Körner !...

— Une galopine qui tous les jours que Dieu fait exerce sa méchanceté à taper dans les coins sur les plus petites de la classe ! Faut-il encore que les maîtresses la prennent sous leur protection ?

— Que dites-vous là ? Est-ce possible ? Mais je n'en savais rien !

— Sans aller plus loin, interrogez la petite Ilse Merck. Peut-être a-t-elle des choses à vous raconter.

— Et pourquoi Lotte ne m'a-t-elle rien dit lorsque je l'ai punie ? »

Mme Körner se rengorge et répond :

« Sans doute qu'il lui manque un peu d'équilibre psychique, comme vous dites ! »

Et là-dessus elle a filé vers le *Petit Illustré*. Pour arriver à l'heure, il lui a fallu prendre un taxi. Trois marks trente. Ah ! le pauvre argent !

Le samedi midi, maman, sans prévenir, boucle le sac tyrolien et dit :

« Mets tes grosses chaussures ! On prend le train pour Garmisch et on ne rentrera que demain soir !

— Mais, maman, est-ce que ça ne coûtera pas trop cher ? » a demandé Louise, un brin effarée.

Mme Körner a eu un petit sursaut puis s'est mise à rire.

« Si nous n'avons pas assez d'argent, je te vendrai en cours de route ! »

L'enfant a dansé de joie.

« Chiche ! Et, dès qu'on t'aura payée, je me sauve ! Quand tu m'auras vendue trois ou quatre fois, on aura tellement d'argent que tu pourras rester tout un mois sans travailler !

— Crois-tu qu'on me donnera si cher de ta petite personne ?

— Oh ! des mille et des cents ! Et j'emmène mon harmonica ! »

Ce fut un week-end de framboises à la crème !

De Garmisch, par Grainau, elles allèrent jusqu'au barrage de Baader. Puis vers un lac. En jouant de l'harmonica et en chantant. Ensuite, elles dévalèrent de grandes forêts. Par les raidillons. Elles trouvèrent des fraises des bois. Et de belles fleurs mystérieuses. Des lis sauvages, blancs comme des turbans. et des gentianes aux mille fleurs mauves. Et des mousses coiffées de petits casques à pointe. De minuscules cyclamens qui sentaient si bon que c'en était inconcevable !

Le soir, elles arrivèrent à un village. Elles y prirent une chambre, une chambre à un seul lit. Puis elles fourragèrent dans leur sac, en tirèrent des provisions, dînèrent comme des ogres et dormirent ensemble, dans le même lit. Au-dehors, dans les prés, les cigales raclaient leur petite sérénade.

Le dimanche matin, elles reprirent le train

pour plus loin. Pour Ehrwald et Leermoos. La cime de la Zugspitze avait un scintillement d'argent. Les fermiers endimanchés revenaient de la messe. Les vaches étaient arrêtées au beau milieu de la rue, comme si elles taillaient une bavette.

Puis on fit l'ascension du Törl. Pour une grimpette, ce fut une grimpette, saperlipopette ! À deux pas d'une prairie où caracolaient des chevaux, sur un immense tapis de pâquerettes, on mangea des œufs durs et des sandwiches au fromage. Comme dessert, on fit une petite sieste dans l'herbe.

Puis, par des sentiers de framboises et parmi des vols de papillons, elles descendirent vers le lac d'Eib. Les clochettes des vaches sonnaient l'angélus. Au loin, le téléphérique de la Zugspitze grimpait vers le ciel. Le lac n'était qu'une tache minuscule dans l'encaissement de la vallée.

« Juste comme si le Bon Dieu avait craché un postillon », dit Louise d'un air profondément songeur.

Naturellement, on prit un bain. À l'hôtel, sur la terrasse, maman offrit du café et des gâteaux.

Après, on n'eut plus une minute à perdre pour arriver à temps à la gare de Garmisch.

Joyeuses et bronzées, elles prirent place dans le train. Et le gentil monsieur d'en face dit qu'il ne fallait pas lui en conter : la jeune femme était peut-être la sœur de Louise, mais pas sa mère. Et comment croire qu'elle eût un métier ?

Arrivées à la maison, elles tombèrent comme des sacs de plomb dans leurs lits. La dernière chose que dit l'enfant, ce fut :

« Un jour comme aujourd'hui, maman, c'est plus beau que tout au monde ! »

Maman ne s'endormit pas tout de suite. Le bonheur était à la portée de la main et elle en avait, jusqu'ici, privé son enfant. Mais il n'était pas trop tard. On avait encore le temps de tout rattraper.

Mme Körner s'endormit à son tour. Elle souriait aux anges.

L'enfant avait changé. La mère changerait-elle aussi ?

8

M. Gabele n'a pas assez de jour. – Five o'clock *à l'atelier. – Conversations diplomatiques. – Un père doit savoir être sévère. – Une mélodie en* do *mineur. – Projets matrimoniaux. – 43, avenue Cobenzel. – Mlle Gerlach est tout oreilles. – Le conseiller Strobel est bien soucieux. – Le chef d'orchestre caresse une poupée.*

Les talents de pianiste de Lotte resteront en friche. Ce n'est pas sa faute, à elle. Mais, depuis peu, son père n'a plus guère le temps de donner des leçons. Est-ce parce qu'il travaille à son opéra ? Possible. Il est non moins possible... Bref, les petites filles ont le nez creux quand il y a quelque chose qui cloche. Quand un père parle d'opéra pour enfants et ne souffle mot de

Mlle Gerlach, les petites filles flairent infailliblement le danger, comme de petits animaux.

Rue de la Tour-Rouge, Lotte sonne sur le palier à la porte d'en face. C'est là que perche le peintre Gabele, un très gentil monsieur qui voudrait bien faire le portrait de « Louise », si jamais elle avait le temps de poser.

M. Gabele ouvre.

« Tiens ! Louise !

— Oui, aujourd'hui j'ai un moment, répond-elle.

— Attends un peu. »

Il se précipite dans son atelier, prend sur le divan un grand carré d'étoffe, en recouvre la toile qui est sur son chevalet. Il a en route une grande « machine » mythologique. Ce ne sont pas toujours des choses à montrer aux enfants.

Puis il fait entrer la petite, l'installe dans un fauteuil, s'empare d'un bloc et commence un croquis.

« On ne t'entend plus si souvent tapoter sur le piano, fait-il tout en dessinant.

— Oh ! je vous dérangeais ?

— Pas le moins du monde. Au contraire. Ça me manque, sais-tu ?

— Papa n'a plus assez de temps, dit-elle gravement. Il travaille à un opéra. Un opéra pour enfants. »

M. Gabele veut bien le croire. Mais le voici qui se fâche :

« Ces sacrées fenêtres ! peste-t-il. Pas moyen d'y voir clair ! Il faudrait un atelier !

— Mais pourquoi est-ce que vous n'en louez pas un, monsieur Gabele ?

— Parce qu'il n'y en a pas à louer. Les ateliers, ça ne court pas les rues ! »

Une pause, puis l'enfant hasarde :

« Papa a un atelier. Avec de grandes fenêtres. Et le jour d'en haut. »

M. Gabele grogne entre ses dents.

« Sur le boulevard de Carinthie », poursuit Lotte.

Et, après un nouvel arrêt :

« Pour travailler à un opéra, on n'a tout de même pas besoin d'autant de lumière que pour peindre, hein ?

— Non », répond M. Gabele.

Lotte poursuit son idée :

« Au fait, papa pourrait faire l'échange avec vous ! Alors vous auriez de grandes fenêtres et plus de lumière pour peindre. Et papa n'aurait que le palier à traverser pour venir travailler ici à son opéra ! »

Cette perspective paraît la réjouir prodigieusement.

« Ce serait commode, n'est-ce pas ? »

M. Gabele pourrait bien faire des objections à ce plan mirifique. Mais, comme il y a des choses qui ne sont pas à dire, il se contente de répondre en souriant :

« Ce serait effectivement très pratique. La question, c'est de savoir si ton papa est du même avis.

— Oh ! fait Lotte. Je vais le lui demander tout de suite. »

M. Brinkmann est dans son atelier. Il a de la visite. La visite d'une dame. Mlle Gerlach a eu, « par hasard », des courses à faire dans le quartier. Et tout d'un coup une idée lui est venue :

« Tiens ! si je grimpais jusque chez Ludwig ! »

Ludwig a fermé les grands feuillets où il était en train de griffonner et papote avec Irène. D'abord, cela lui tape un peu sur les nerfs, car il a horreur qu'on lui tombe dessus sans crier gare et qu'on le dérange dans son travail. Mais, peu à peu, il cède au délice d'être assis près d'une si belle dame et de lui caresser la main comme par mégarde.

Irène Gerlach sait bien ce qu'elle veut. Elle veut épouser M. Brinkmann. Il est célèbre, il lui plaît, elle lui plaît. Il n'y a donc pas d'obstacle insurmontable. À vrai dire, il ne sait encore rien du bonheur qui l'attend. Mais, avec des délais et des précautions, elle lui en fera part. Au bout du compte, il s'imaginera que c'est lui qui s'est mis en tête ce mariage.

Pourtant si ! Il y a un obstacle, un seul : ce diable d'enfant ! Mais, quand Irène aura donné à Ludwig un ou deux petits Brinkmann, tout rentrera dans l'ordre. Irène Gerlach saura bien venir à bout de cette petite sauvage et de ses simagrées !

On sonne.

Ludwig ouvre.

Et qui est là ? La petite sauvage, la petite mijaurée ! Elle a un bouquet à la main, fait une révérence et dit :

« Bonjour, papa ! Je viens changer tes fleurs ! »

Puis elle fait son tour d'atelier, esquisse une

courbette devant la visiteuse, prend un vase et disparaît dans la cuisine.

Irène sourit avec malice.

« Quand on vous voit, ta fille et toi, on a l'impression que c'est elle qui porte la culotte. »

M. le chef d'orchestre sourit avec embarras.

« Elle a maintenant une façon si décidée de mener les choses, tambour battant, et tout ce qu'elle fait vaut son pesant d'or... ça vous désarme ! »

Mlle Gerlach a un haussement de ses belles épaules, mais déjà Lotte fait sa seconde entrée. Elle met les fleurs fraîches sur la table. Puis elle apporte un plateau et, tout en mettant une tasse devant chacun, dit à son père :

« Je prépare vite du café. Tu ne vas tout de même pas laisser partir Mlle Gerlach sans rien lui offrir ? »

Le père et la visiteuse la suivent des yeux avec perplexité.

« Et moi qui la prenais pour une sauvageonne ! pense Mlle Gerlach. Étais-je bête ! »

Bientôt Lotte surgit avec le café, le sucre et la crème, fait le service, demande en parfaite maîtresse de maison :

« Combien de sucre ? »

Elle offre la crème, puis s'installe près de son père et, avec un gracieux sourire :

« Vous permettez que je vous tienne un brin compagnie ? »

Papa, amusé, lui sert du café et galamment interroge :

« Combien de crème, ma chère ? »

L'enfant minaude :

« Moitié, moitié, mon cher monsieur !

— Je vous en prie, madame.

— Mille mercis, cher monsieur. »

On boit, mais en silence. Finalement, « Louise » entame la conversation :

« Je sors de chez M. Gabele.

— A-t-il fait ton portrait ? demande le père.

— Rien qu'une esquisse », répond la fillette.

Puis elle pose sa tasse et ajoute innocemment :

« Il n'a pas assez de jour. Et, tu comprends, il lui faudrait le jour d'en haut. Juste comme ici...

— Il n'a qu'à louer un atelier avec une verrière, observe très à propos M. le chef d'orchestre, sans soupçonner que Lotte le guette au tournant.

— C'est ce que je lui ai déjà dit, fait-elle posément. Mais ils sont tous pris, les ateliers. »

« Petit chameau ! » pense Mlle Gerlach. Car, en vraie fille d'Ève, elle a depuis longtemps compris où l'enfant veut en venir. Et, de fait...

« Pour composer, tu n'as pas besoin de verrière, toi, papa ?

— Non, absolument pas. »

Rassemblant tout son courage et fixant obstinément la pointe de ses souliers, l'enfant ajoute, comme si l'idée lui en venait tout à coup :

« Il n'y aurait pas moyen de faire l'échange ? »

Ouf ! C'est dit !

Sans lever la tête, la petite guigne son papa. Ses yeux sont pleins de prière et de crainte.

Mi-gêné, mi-amusé, le père regarde tour à tour la fillette et l'élégante dame, qui a tout juste le temps de se ressaisir et de se parer d'un sourire doucement ironique.

« M. Gabele aurait alors un atelier (mais la voix tremble un peu) avec tout le jour qu'il lui faut. Et toi, tu habiterais à deux pas. Tout près de Rési et de moi. »

Les yeux de Lotte, si l'on veut bien me passer l'expression, supplient le père à deux genoux.

« Et tu seras aussi tranquille qu'ici. Quand tu en auras assez d'être seul, tu traverseras le palier et tu viendras. Pas même besoin de mettre un chapeau. Et, à midi, plus besoin d'aller au restaurant. Quand le déjeuner sera prêt, on sonnera trois fois à ta porte. On te servira tout ce que tu aimes. Du petit salé aussi. Et, quand tu joueras du piano, on t'entendra à travers le mur... »

La voix de l'enfant se fait de plus en plus hésitante et s'étrangle.

Mlle Gerlach a soudain des fourmis dans les jambes. Il lui faut rentrer immédiatement. Ce que le temps passe ! N'empêche que la conversation était bien intéressante...

M. le chef d'orchestre Brinkmann reconduit jusqu'au pas de la porte sa visiteuse. Il baise sa main parfumée.

« Alors, à ce soir, dit-il.

— Si tu as le temps !

— Que veux-tu dire, ma chérie ? »

Elle sourit.

« Peut-être seras-tu occupé à ton déménagement. »

Il rit.

« Ne ris pas trop vite. Telle que je la connais, ta fille a déjà commandé les emballeurs. »

Et, furieuse, elle dévale l'escalier.

Lorsque le chef d'orchestre rentre dans l'atelier, Lotte est déjà en train de faire la vaisselle. Il va au piano, plaque quelques accords, puis arpente la pièce à grands pas. Tout à coup il s'arrête, ouvre la partition, relit ce qu'il a griffonné.

Lotte prend garde à ne pas faire de bruit avec les soucoupes et les tasses. Quand elle a tout essuyé et replacé dans le buffet, elle met son chapeau et rentre à pas feutrés dans l'atelier.

« Au revoir, papa.

— Au revoir.

— Viens-tu dîner ce soir ?

— Non, pas aujourd'hui. »

L'enfant s'incline lentement et lui tend timidement la main.

« Écoute, Louise, je ne tiens pas du tout à ce que les autres se mettent martel en tête pour moi. Pas même ma fille. Je sais très bien ce que j'ai à faire.

— Bien sûr, papa ! » répond-elle calmement, à voix basse.

Et, une fois encore, elle lui tend la main.

Il finit par la serrer et découvre que l'enfant a les yeux pleins de larmes.

Un père doit savoir être sévère. Il fait donc comme s'il ne remarquait rien, hoche la tête et s'assoit au piano.

Lotte va vite à la porte, l'ouvre avec précaution et disparaît.

M. le chef d'orchestre se prend la tête dans les mains. Des larmes de gosse, il ne manquait plus que ça ! Parlez-moi de composer dans ces conditions un opéra pour enfants ! C'est vraiment à tout envoyer promener ! Le moyen de supporter qu'un petit bout de bonne femme ait les yeux pleins de larmes ! Des larmes qui pendent aux longs cils comme la rosée à la pointe des herbes...

Ses mains courent sur le clavier. Il écoute ce que cela donne. Il reprend encore une fois la mélodie. Puis il la joue avec l'accompagnement. C'est la variation en mineur d'une ronde joyeuse. Il la mettra dans son opéra... Il change le rythme... Il travaille...

Les chagrins d'enfant, ça sert donc à quelque chose ! Oui ! Rien n'est perdu, pour un artiste ! Vite, du papier, une plume ! Et tout à l'heure,

très satisfait de lui-même, il se renversera en arrière dans son fauteuil, en se frottant les mains. Quelle trouvaille, cet air en *do* mineur si prestigieusement triste !

Il n'y a donc plus de géant qui coure le monde et qui soit de taille à te lui botter les fesses, au maestro ?

À nouveau, des semaines ont passé. Mlle Irène Gerlach n'a pas oublié la scène de l'atelier. Elle ne s'est pas méprise sur la suggestion de l'enfant, elle a bel et bien vu dans ce projet d'échange une déclaration de guerre.

Une femme digne de ce nom – et Lotte a beau ne pas la souffrir, c'en est une ! – ne se le fait pas dire deux fois. Elle connaît ses armes. Elle sait s'en servir. Elle a pleine conscience de leur efficacité. Mlle Gerlach a vidé tout son carquois sur sa cible palpitante, en l'espèce le « cœur d'artiste » du chef d'orchestre. Tous les coups ont fait mouche. Toutes les flèches sont maintenant profondément fichées dans le cœur de l'homme, ce cher ennemi. Et Ludwig Brinkmann n'a plus qu'à céder.

« J'exige que tu deviennes ma femme », dit-il.

Cela sonne comme un ordre où il y aurait un peu de rage.

Elle lui caresse les cheveux, sourit et fait moqueusement :

« Comme tu voudras, chéri. Je n'ai plus qu'à mettre ma plus belle robe pour aller demain matin demander ta main à ta fille. »

Encore une nouvelle flèche. Et cette fois le trait est empoisonné.

M. Gabele fait le portrait de Lotte. Soudain il laisse tomber bloc et crayon et interroge :

« Qu'est-ce que tu as aujourd'hui, Louison ? Tu en fais, une figure d'enterrement ! »

L'enfant pousse de gros soupirs, comme si elle avait un tombereau de pierres sur le cœur.

« Oh ! ce n'est rien.

— Une histoire à l'école ? »

Elle secoue négativement la tête.

« Si ce n'était que cela ! »

M. Gabele range son bloc.

« Sais-tu, mon petit saule pleureur ? Nous allons en rester là pour aujourd'hui. Va faire un bout de promenade ; rien de tel pour se changer les idées.

— Je vais plutôt jouer un peu de piano.

— Encore mieux, dit-il. Je t'entendrai à travers le mur, j'en profiterai un peu. »

Elle lui donne la main, fait une révérence et s'en va.

L'air songeur, il regarde partir la petite bonne femme. Il sait combien le chagrin peut peser sur un cœur d'enfant. Il a lui-même été enfant autrefois, et il n'a pas fait comme la plupart des gens, qui oublient.

Quand l'air que pianote Louise lui parvient à travers la cloison, il sourit de satisfaction et reprend en sifflant la mélodie.

Puis, brusquement, il enlève le carré d'étoffe qu'il a posé sur le chevalet, s'arme de sa palette et de ses pinceaux, regarde sa toile en clignant les yeux et se met à l'ouvrage.

M. Ludwig Brinkmann arrive rue de la Tour-Rouge. Il lui semble que les marches sont deux fois plus hautes que d'ordinaire. Il accroche son manteau et son chapeau à une patère. Louise est au piano ? Eh bien ! il va falloir, ma foi, qu'elle s'arrête et qu'elle l'écoute un moment. Il tire sur son veston comme s'il allait rendre visite à l'administrateur de l'Opéra. Puis il ouvre la porte de la pièce.

La fillette lève les yeux et lui adresse un sourire.

« Papa, quelle chance ! »

Elle saute à bas de son tabouret.

« Veux-tu que je te fasse du café ? »

Et déjà elle court à la cuisine.

Il l'arrête au passage.

« Non, merci, dit-il. J'ai à te parler. Assieds-toi. »

Elle s'installe dans le fauteuil à oreilles. Il est si grand, si vaste, qu'elle y fait l'effet d'une petite poupée. Elle arrange les plis de sa robe écossaise et regarde son papa d'un œil interrogateur.

Il tousse pour éclaircir sa voix, marche quelque temps en long et en large et finalement reste planté devant le fauteuil.

« Voilà, Louison, commence-t-il. Il s'agit d'une affaire de la plus haute importance. Depuis que ta mère n'est plus... n'est plus là... je suis seul. Cela dure depuis sept ans. C'est-à-dire, je n'ai jamais été tout à fait seul, puisque tu étais là. Et tu es encore là... »

La fillette le considère avec des yeux ébahis.

« Quel butor je fais ! » pense-t-il. Il s'exaspère et s'en prend à lui-même.

« Bref, reprend-il, je ne veux pas rester plus longtemps seul. Il y a quelque chose qui va changer. Dans ma vie et, par contrecoup, dans la tienne. »

Quel silence dans la pièce !

Une mouche bourdonne et essaie stupidement de sortir par la vitre. (N'importe qui lui dirait que c'est sans espoir et que tout ce qu'elle peut faire, c'est se casser le crâne contre les carreaux, mais que voulez-vous ? les mouches sont bêtes, tandis que les hommes, en voilà des malins, dites ?)

« J'ai décidé de me remarier.

— Non ! » fait l'enfant.

Cela part comme un cri.

Puis elle reprend à voix basse :

« Je t'en prie, papa, oh ! non. Je t'en prie, je t'en supplie !

— Tu connais déjà Mlle Gerlach. Elle t'aime beaucoup. Et elle sera pour toi une bonne petite maman. De toute façon, à la longue, ce ne serait pas commode et ce serait une erreur que de te laisser grandir dans une maison où il manque une femme... »

(N'est-il pas touchant ? Il ne manquait plus que cela, qu'il prétendît se remarier uniquement pour redonner une mère à l'enfant !)

Lotte secoue la tête à n'en plus finir, tout en remuant les lèvres sans qu'il en sorte un son. On dirait un automate qui ne peut plus s'arrêter. C'est à vous donner le frisson.

Aussi le père se hâte de détourner les yeux et continue :

« Tu verras, tu t'y feras beaucoup plus vite que tu ne penses. De méchantes marâtres, cela n'existe plus que dans les contes. Donc, ma petite Louison, je sais que je peux compter sur toi. Tu es le petit être le plus raisonnable qu'on puisse rencontrer. »

Il regarde l'heure à sa montre.

« Voilà. Maintenant, il faut que je parte. Pour répéter *Rigoletto* avec Luser. »

Il est déjà dans le vestibule.

L'enfant est effondrée.

M. Brinkmann décroche son couvre-chef et le pose à l'artiste.

« Papa ! »

C'est un grand cri dans la pièce. Le cri de quelqu'un qui se noie.

« Bah ! on ne se noie pas dans une chambre ! » réfléchit M. Brinkmann.

Et il s'esquive. Il est très pressé. Ne doit-il pas répéter avec le grand Luser ?

L'enfant se réveille, après le coup de massue. Jusque dans le désespoir s'affirme et se confirme tout son sens pratique. Que faut-il faire ? Car, pas de doute, il faut faire quelque chose. Il faut à tout prix empêcher papa d'épouser une autre femme, à tout prix. Il a déjà une femme, n'est-ce pas ? Même si elle n'est plus avec lui. Jamais l'enfant ne souffrira d'avoir une autre mère, jamais ! N'a-t-elle pas déjà sa maman, une maman qu'elle aime plus que tout au monde !

Maman, elle, pourrait peut-être donner un bon conseil. Mais elle ne doit rien savoir. Elle doit tout ignorer du grand secret des deux enfants et surtout ne pas apprendre que papa veut épouser cette demoiselle Gerlach !

Il n'y a plus qu'une voie ouverte. Et, cette voie, Lotte doit s'y engager toute seule.

Elle prend l'annuaire des téléphones. Elle le feuillette avec des doigts qui tremblent. « Gerlach. » Il n'y a pas tellement de Gerlach. « Gerlach, consortium des restaurants de Vienne, société à responsabilité limitée, avenue Cobenzel, 43. » Papa a raconté, il n'y a pas longtemps, que le père de Mlle Gerlach est propriétaire de quantité de restaurants et d'hôtels, et que l'*Impérial* lui appartient aussi. Avenue Cobenzel, 43.

L'enfant demande à Rési quel tram il faut prendre pour aller là-bas, puis elle met son chapeau, passe son manteau et dit :

« Je m'en vais.

— Que vas-tu faire avenue Cobenzel ?

— Il faut que j'aille voir quelqu'un.

— Ne reste pas trop longtemps. »

L'enfant hoche la tête et se met en route.

La soubrette entre en souriant.

« Il y a un enfant qui voudrait vous voir, mademoiselle. Une petite fille. »

Mlle Gerlach vient de se refaire les ongles et agite les mains pour que le vernis sèche plus vite.

« Une petite fille ?

— Oui. Elle s'appelle Louise Brinkmann.

— Ah ! ah ! fait Mlle Gerlach d'un air entendu. Amène-la-moi. »

La femme de chambre disparaît. La jeune femme se lève, jette un regard dans la glace et sourit de se voir un air si soucieux.

« Louise Millerin s'en vient trouver Lady Mildford », pense-t-elle, amusée. Car elle connaît ses classiques.

Une fois l'enfant introduite, Mlle Gerlach ordonne à la soubrette :

« Fais-nous une tasse de chocolat ! Et apporte-nous des gaufrettes ! »

Puis se tournant on ne peut plus aimablement vers la visiteuse :

« Comme c'est gentil de venir me dire bonjour ! Mais, tout de même, ce que je puis être distraite ! Il y a longtemps que j'aurais dû t'inviter. Fais comme chez toi, mets-toi à ton aise.

— Merci, répond l'enfant. Je ne fais que passer.

— Vrai ? »

Mlle Gerlach ne se départ en rien de ses façons amicales et de son grand air protecteur.

« Mais tu t'assoiras bien un peu ? »

L'enfant s'appuie sur le bord d'une chaise et pas un instant ne quitte la dame des yeux.

Celle-ci commence à trouver la situation insupportablement bébête. Mais elle se maîtrise.

Car il y a un enjeu qu'elle veut gagner et qu'elle gagnera.

« Étais-tu dans le quartier ? Est-ce par hasard que tu es montée ?

— Non, j'ai quelque chose à vous dire. »

Irène Gerlach fait son sourire des grands jours.

« Je suis tout oreilles. Qu'y a-t-il pour ton service ? »

L'enfant quitte aussitôt la chaise et, debout au milieu de la pièce, déclare :

« Papa m'a dit que vous vouliez vous marier avec lui.

— Est-ce bien ce qu'il a dit ? »

Mlle Gerlach a un petit rire pointu.

« N'a-t-il pas dit plutôt qu'il voulait se marier avec moi ? Mais laissons, ça n'a pas d'importance. Eh bien ! oui, Louison : ton papa et moi, nous voulons nous marier. Et je suis certaine que toi et moi nous nous entendrons très bien. J'en suis absolument convaincue. Pas toi ? Mais si. Lorsque nous aurons habité et vécu quelque temps ensemble, nous serons les meilleures amies du monde. On fera chacune tout ce qu'il faut pour ça, n'est-ce pas ? Allons, tope là ! »

Mais l'enfant se dérobe et dit gravement :

« Vous n'avez pas le droit de vous marier avec papa !

— Et pourquoi pas, ma petite ? »

Mlle Gerlach esquisse un pas en avant, mais l'enfant garde résolument ses distances.

« Parce que vous n'en avez pas le droit !

— Piteuse explication », riposte la jeune femme d'un ton mordant.

Décidément, on n'en tirera pas davantage par la douceur.

« Tu prétends m'interdire d'épouser ton papa ?

— Oui !

— C'est un comble ! »

Mlle Gerlach est hors d'elle.

« Tu vas me faire le plaisir de rentrer à la maison ! Savoir si je dois mettre ton père au courant de cette singulière visite, c'est une question que nous examinerons à loisir. Et, si jamais je décide de garder cela pour moi, sache que ce sera seulement pour ne pas mettre d'obstacle irrémédiable à notre amitié future, à laquelle je voudrais croire encore. Au revoir ! »

Arrivée à la porte, la fillette se retourne et dit simplement :

« Je vous en prie, laissez-nous comme nous sommes... »

Et la jeune femme reste seule.

Il n'y a plus qu'une chose à faire : précipiter le mariage. Et prendre toutes mesures utiles pour que la gosse soit expédiée en pension. Pas une minute à perdre. On ne peut rien espérer que d'une main étrangère, qui serre la vis.

« Qu'est-ce qu'il y a encore ? »

La soubrette est plantée là, avec son plateau.

« J'apporte le chocolat. Et les gaufrettes. Où est passée la petite ?

— Mêlez-vous de vos affaires, je vous prie ! »

M. le chef d'orchestre dirige ce soir à l'Opéra. Aussi ne rentre-t-il pas dîner. Comme d'ordinaire, en ces cas-là, Rési tient compagnie à l'enfant.

« Mais tu as un appétit de mauviette, aujourd'hui ! observe-t-elle avec reproche. Et quelle mine de revenant ! C'est à faire peur à un chrétien. »

Lotte hoche la tête, sans répondre.

La gouvernante lui prend la main et la lâche, effrayée.

« Et tu as de la fièvre ! Ouste ! Au lit ! »

En soufflant comme un phoque, elle porte jusqu'à sa chambre la fillette complètement inerte, la déshabille et la couche.

« Il ne faut rien dire à papa », murmure la petite.

Elle claque des dents. Rési entasse couvertures et coussins, puis se précipite au téléphone et appelle M. le conseiller Strobel.

Le vieux docteur promet de venir aussitôt. On le sent aussi bouleversé que Rési.

Elle téléphone ensuite à l'Opéra.

« Entendu ! lui répond-on. On fera à l'entracte la commission à M. le chef d'orchestre. »

Elle revient en courant à la chambre. L'enfant donne des coups dans le vide et balbutie des mots sans suite. Couvertures, coussins et draps, tout gît pêle-mêle sur le sol.

Pourvu que le conseiller ne tarde pas ! Que faire en attendant ? Des enveloppements ? Mais quels enveloppements ? Froids ? Chauds ? Des enveloppements secs ou des enveloppements humides ?

C'est l'entracte. En tenue de soirée, le chef d'orchestre Brinkmann est dans la loge de la première soprano. Ils trinquent et causent métier. Les gens de théâtre ne savent parler que de théâtre, on n'y changera rien. Mais on frappe.

« Entrez ! »

Le régisseur paraît.

« Ah ! je vous trouve enfin ! s'exclame le petit homme remuant. On a téléphoné de la rue de la Tour-Rouge. Mademoiselle votre fille est tout d'un coup tombée malade. M. le conseiller Strobel a été aussitôt prévenu et doit déjà être là-bas. »

M. le chef d'orchestre devient blême.

« Merci, Herlitschka », fait-il à voix basse.

Le régisseur s'en va.

« Espérons que ce n'est rien de grave, dit la chanteuse. La petite a-t-elle déjà eu la rougeole ?

— Non. »

Il se lève.

« Excusez-moi, Mizzi ! »

Quand la porte s'est refermée derrière lui, il court au téléphone.

« Allô ! Irène ?

— Oui, mon chéri. Déjà fini ? Je ne suis pas encore prête. »

Il lui fait part brièvement de ce qu'il vient d'apprendre. Puis ajoute :

« Je crains que nous ne puissions pas nous voir aujourd'hui...

— Mais je comprends bien... Espérons que ce n'est rien de grave. La petite a-t-elle déjà eu la rougeole ?

— Non, répond-il, impatienté. Je te rappellerai demain matin. »

Puis il raccroche.

La sonnerie de la fin de l'entracte retentit. Il lui faut reprendre sa place au pupitre.

Le rideau tombe enfin. M. le chef d'orchestre se précipite rue de la Tour-Rouge et monte quatre à quatre les marches de l'escalier. Rési ouvre. Elle a encore son chapeau sur la tête : elle revient de la pharmacie de nuit.

M. le conseiller est au chevet de l'enfant.

« Comment va-t-elle ? demande le père dans un souffle.

— Pas bien, répond le conseiller. Mais vous pouvez parler tout haut. Je lui ai fait une piqûre. »

Lotte repose, cramoisie, sur l'oreiller. Sa respiration est oppressée. Elle a un masque douloureux, comme si le sommeil artificiel où l'a plongée de force le vieux docteur la faisait violemment souffrir.

« La rougeole ?

— Certainement pas », bougonne le conseiller.

Rési entre dans la pièce et ravale bruyamment ses larmes.

« N'allez-vous pas enfin me débarrasser de

mon chapeau ? demande nerveusement le chef d'orchestre.

— Bien sûr, c'est vrai, excusez ! »

Elle s'empare du chapeau et le garde à la main.

Le conseiller interroge du regard.

« L'enfant traverse manifestement une grave crise morale, déclare-t-il. Vous ne savez rien, ni l'un ni l'autre, non ? Vous n'avez pas au moins quelques soupçons ?

— Moi, dit Rési, je ne sais pas s'il y a un rapport, mais cet après-midi elle est sortie. Parce qu'il lui fallait aller voir quelqu'un. Et, avant de partir, elle m'a demandé le plus court chemin pour se rendre avenue de Cobenzel.

— Avenue de Cobenzel ? » fait le conseiller.

Et son regard se dirige vers le chef d'orchestre.

Brinkmann va dans la pièce d'à côté et téléphone.

« Est-ce que Louise est venue te voir cet après-midi ?

— Oui, répond une voix de femme. Mais comment le sais-tu ? »

Il laisse la question sans réponse et interroge encore :

« Et que voulait-elle ? »

Mlle Gerlach a un ricanement.

« Questionne-la. Elle te racontera cela aussi.

— Réponds, je te prie ! »

Quelle chance qu'elle ne voie pas le visage qu'il fait !

« Elle est venue, ni plus ni moins, m'interdire de devenir ta femme », répond-elle, excédée.

Il grommelle vaguement quelque chose et raccroche.

« Mais qu'est-ce qu'elle a ? » demande Mlle Gerlach.

Elle remarque alors que la conversation est coupée.

« La petite peste ! maugrée-t-elle à mi-voix. Tous les moyens lui sont bons ! Voici qu'elle fait la malade ! »

Le conseiller prend congé et donne encore quelques conseils. Le chef d'orchestre le retient sur le pas de la porte.

« Qu'a-t-elle donc ?

— Une fièvre nerveuse. Je repasserai demain matin. Bonne nuit. »

Le chef d'orchestre va dans la chambre de l'enfant, s'assied au bord du lit et dit à Rési :

« Je n'ai plus besoin de vous. Dormez bien.

— Mais il vaudrait mieux... »

Il la congédie du regard.

Elle part. Elle tient encore le chapeau à la main.

Il caresse le petit front brûlant. L'enfant a un grand geste d'effroi et se rejette violemment de l'autre côté.

Le père fait des yeux le tour de la pièce. Le

cartable est sur le pupitre, en ordre pour le lendemain. Tout à côté est assise Christel, la poupée.

Il se lève sans bruit, prend la poupée, tourne le commutateur et vient se rasseoir au bord du lit.

Et voici que dans l'ombre il fait une caresse à la poupée, comme si c'était l'enfant. Une enfant qui, cette fois, n'aurait plus peur de lui.

9

Les photos de M. Eipeldauer font une révolution. – Savoir encore si c'est Lotte ! – Mlle Linnekogel est mise dans la confidence. – Des côtes de porc ultra-cuites et de la vaisselle en morceaux. – Louise fait des aveux presque complets. – Que signifie le silence de Lotte ?

À Munich, le rédacteur en chef du *Petit Illustré,* M. Bernau, pousse un grognement de désespoir.

« Quel marasme, ma chère ! Quel beau temps pour les cornichons ! Où diable aller pêcher, à moins de la voler, une photo d'actualités pour la *une* ? »

Mme Körner, ex-Brinkmann, est debout en face de lui.

« Néo-presse, dit-elle, a envoyé des photos de la nouvelle championne de brasse.

— Est-elle jolie ? »

La jeune femme sourit.

« Assez jolie pour nager. »

M. Bernau la remercie et refuse d'un geste las. Puis il furète dans les paperasses qui encombrent sa table.

« Il n'y a pourtant pas longtemps je ne sais quel photographe à la noix, un chic type en tout cas, m'a envoyé de son bled des photos de jumelles ! »

Il farfouille parmi ses dossiers et les journaux.

« Un petit couple de gosses ravissantes. Qui se ressemblaient à en donner sa langue au chat. Ah çà ! où êtes-vous passées, petites vauriennes ? Un cliché de ce genre, c'est toujours dans le goût du public. Avec, en dessous, une ligne de texte bien sentie. Puisqu'il n'y a pas d'actualités, bon ! une paire de jolies jumelles ! Ah ! enfin ! Les voici. »

Il vient de mettre la main sur la pochette et les photos, considère les épreuves et sourit, approbateur.

« Allez-y, madame Körner ! »

Il lui tend les photos.

Au bout d'un moment il lève les yeux, étonné du silence de sa collaboratrice.

« Eh bien ! lance-t-il, Körner ! Êtes-vous comme la femme de Loth, changée en statue de sel ? Allons, réveillez-vous ! Vous sentez-vous mal ?

— Un petit peu », fait-elle.

Sa voix défaille.

« Mais ça commence à aller mieux. »

Elle contemple, éberluée, les photos, lit le nom de l'expéditeur : *Joseph Eipeldauer, photographe d'art, Bühl-au-Lac (sur le lac de Bühl).*

« Choisissez-moi la meilleure épreuve et pondez-moi une légende à faire se pâmer d'aise le cœur de tous nos lecteurs ! Vous êtes, pour ces choses-là, de première force. »

Mais que répond Mme Körner ?

« Peut-être vaudrait-il mieux ne pas nous servir de ces photos.

— Et pourquoi donc, mon éminente consœur ?

— Elles sont truquées, je crois.

— Une surimpression, pensez-vous ? »

M. Bernau éclate de rire.

« Vous surestimez singulièrement les talents de M. Eipeldauer. Croyez-moi, il ignore ces raffinements-là. Aussi, ouste ! à l'ouvrage, chère madame. Vous avez jusqu'à demain pour trouver votre texte. Vous me le soumettrez avant de l'envoyer à la composition. »

Là-dessus, il se remet au travail.

Mme Brinkmann va en chancelant jusqu'à son bureau, s'effondre dans un fauteuil, pose les photos devant elle et se prend la tête à deux mains.

Les pensées défilent dans sa tête comme au manège.

Ses deux enfants ! La maison d'enfants ! Les vacances ! Bien sûr, tout s'éclaire ! Mais pourquoi diable Lotte n'a-t-elle pas pipé mot ? Pourquoi n'a-t-elle pas rapporté avec elle les photos ? Car, vrai, lorsque les deux petites se sont fait photographier ensemble, ce n'était pas sans intention ! Ma foi, elles auront découvert qu'elles sont sœurs, et se seront mis en tête de ne rien dire. Cela doit être ça, oui, sûrement. Mon Dieu, comme elles se ressemblent ! On parle toujours de l'œil d'une mère... mais l'œil d'une mère lui-même s'y tromperait... Oh ! mes deux, mes deux petites chéries !

Si maintenant M. Bernau passait le nez dans l'entrebâillement de la porte, il verrait un visage que décomposent la joie et la douleur, et que noie un flot de larmes. De ces larmes qui vous épuisent, comme si la vie même s'en allait avec elles...

Heureusement, M. Bernau n'est pas dans les parages.

Mme Körner s'efforce de se ressaisir. Maintenant plus que jamais, il s'agit de garder son sang-froid. Que faire ? Que va-t-il arriver ? Que va-t-il sûrement arriver ? Il faut parler à Lotte !

La maman se sent glacée de la tête aux pieds. Une pensée la traverse comme une épée.

Celle à qui elle veut parler, est-ce vraiment Lotte ?

Mme Körner est allée trouver à son domicile Mlle Linnekogel, la maîtresse de l'enfant.

« C'est vraiment une question passablement saugrenue que vous me posez là, remarque l'institutrice. S'il me semble possible que votre fille ne soit pas votre fille, mais une autre petite fille ? Permettez-moi, est-ce que... ?

— Non, je n'ai pas la berlue », assure Mme Körner.

Et elle pose une photo sur la table.

Mlle Linnekogel l'examine. Puis dévisage la visiteuse. Puis revient à la photo.

« J'ai deux filles, dit Mme Körner à voix basse. La seconde vit à Vienne avec mon ancien mari. C'est par hasard que la photographie m'est tombée entre les mains. Je ne savais absolument pas que les deux enfants s'étaient rencontrées durant ces vacances. »

Mlle Linnekogel ouvre et ferme la bouche telle une carpe sur l'étal du marchand de poissons. Tout en balançant la tête, elle écarte les photos, comme si elle avait peur d'être mordue. Enfin elle demande :

« Et chacune des deux petites ignorait jusqu'à l'existence de l'autre ?

— Oui. Nous avions décidé d'un commun accord, mon mari et moi, qu'elles ne sauraient rien. Cela nous semblait préférable.

— Et vous-même, vous n'avez jamais eu de nouvelles de votre mari ni de l'autre enfant ?

— Jamais.

— Vous ne savez pas s'il s'est remarié ?

— Absolument pas. J'ai peine à le croire : il estimait lui-même qu'il n'était guère fait pour la vie de famille.

— Voilà une histoire on ne peut plus rocambolesque ! s'exclame l'institutrice. Est-il possible que les enfants aient eu l'invraisemblable idée de se faire passer l'une pour l'autre ? Pourtant, quand je revois la métamorphose si radicale de Lotte... et l'écriture, madame Körner, l'écriture... ! C'est à peine concevable, mais cela éclairerait bien des choses. »

La maman approuve de la tête et regarde, comme hébétée, dans le vide.

« Ne prenez pas ombrage de ma sincérité, continue Mlle Linnekogel. Je n'ai jamais été mariée et je n'ai que les enfants des autres. Mais, en bonne éducatrice, je vous le dis : les femmes, celles qui sont mariées, attachent trop d'importance au mari. Il n'y a, en fait, qu'une chose qui compte : le bonheur des enfants. »

Mme Körner a un sourire amer.

« Croyez-vous que, si ce mariage malheureux avait duré plus longtemps, mes deux enfants auraient été plus heureuses ? »

Mlle Linnekogel observe pensivement :

« Je ne vous fais pas de reproche. Vous êtes aujourd'hui encore très jeune. Quand vous vous êtes mariée, vous n'étiez guère qu'une enfant. Toute votre vie, vous serez toujours plus jeune que je ne l'ai jamais été. Après tout, ce qui est vrai pour l'une peut être faux pour l'autre. »

La visiteuse se lève.

« Et qu'allez-vous faire ?

— Ah ! si je le savais ! » soupire la jeune femme.

Munich. Louise attend devant le guichet de la poste restante.

« Il n'y a rien, fait l'employé avec regret. Rien, mademoiselle Sœurette. Il n'y a rien cette fois encore. »

Louise le regarde, indécise.

« Qu'est-ce que cela peut bien vouloir dire ? » murmure-t-elle, atterrée.

L'employé essaie de plaisanter :

« Peut-être que l'autre sœurette a trouvé un petit frère.

— Sûrement pas, dit-elle d'un air pénétré. Bon, je repasserai demain.

— À votre service », répond-il en souriant.

Mme Körner rentre chez elle, partagée entre une ardente impatience et l'angoisse d'apprendre le fin mot de l'histoire. Elle en perd presque le souffle.

L'enfant s'affaire dans la cuisine. On entend des bruits de couvercles. Cela rissole dans la cocotte.

« Ça sent bigrement bon, aujourd'hui ! s'écrie la maman dès le vestibule. Qu'est-ce que tu nous prépares donc ?

— Des côtes de porc, avec de la choucroute et des pommes de terre en robe de chambre, annonce fièrement la petite.

— Comme tu t'es mise vite à la cuisine ! lance maman, en apparence innocemment.

— N'est-ce pas ? réplique joyeusement l'enfant. Je n'aurais jamais cru... »

Elle s'interrompt avec effroi et se mord les lèvres. Quelle bévue ! C'est à disparaître sous le plancher !

Maman est là, contre la porte, toute pâle. Plus pâle qu'un linge.

L'enfant sort la vaisselle du buffet. Les assiettes chahutent, comme s'il y avait un tremblement de terre.

« Louise ! » appelle enfin maman en rassemblant toutes ses forces.

Patatras !

Les assiettes gisent en morceaux sur le sol. Louise n'a fait qu'un tour. Et reste là, les yeux agrandis de saisissement.

« Louise ! répète doucement maman en ouvrant tout grands ses bras.

— Maman ! »

La petite se cramponne à sa mère comme quelqu'un qui se noie, et elle sanglote éperdument.

La mère tombe à genoux et caresse Louise avec des mains qui tremblent.

« Ma petite ! Ma chère petite ! »

Les voici toutes deux agenouillées au milieu des débris de vaisselle. Dans la cocotte, les côtes de porc prennent au fond. Cela sent terriblement le brûlé. L'eau de la casserole d'à côté déborde et tombe en grésillant sur le gaz.

Ni la jeune femme ni l'enfant n'en remarquent rien. Comme on le dit bien souvent et comme il est bien rarement vrai, elles sont loin, très « loin de ce monde ».

Des heures ont passé. Louise a fait sa confession. Et Maman l'a absoute. Se confesser, cela a demandé bien du temps et des mots à n'en plus finir, mais, pour absoudre :

un regard, un baiser, il n'en a pas fallu davantage.

Maintenant elles sont toutes deux assises sur le divan. L'enfant se blottit contre sa maman, tout contre. Ah ! comme c'est bon d'avoir dit enfin la vérité ! Comme cela soulage ! Comme on se sent plus légère ! Légère comme une plume. On en est réduite à se cramponner à maman, pour ne pas s'envoler.

« Eh bien ! dit la jeune femme, vous faites déjà deux fameuses petites délurées ! »

Louise rit d'aise et d'orgueil ! Car il y a au moins un secret qu'elle n'a pas trahi : qu'il y a à Vienne (elle l'a appris par une lettre angoissée de Lotte) une certaine Mlle Irène Gerlach.

Maman soupire.

Louise la considère d'un œil soucieux.

« Eh oui ! fait maman, ce n'est pas tout : je me demande ce qui va en sortir. Pouvons-nous faire comme si de rien n'était ? »

Louise secoue énergiquement la tête.

« Lotte en a sûrement gros sur le cœur de ne plus te voir. Et toi de même, n'est-ce pas, maman ?

— C'est vrai, dit la mère.

— Et moi aussi, avoue l'enfant, ça me semble long de n'avoir ni Lotte, ni...

— Ni ton papa, hein ? »

Louise approuve avec embarras.

« Si seulement je savais pourquoi je n'ai pas de lettre.

— Oui, murmure maman. Pourquoi ? »

10

On vous parle de Munich. – Le mot libérateur. – Rési elle-même y perd son latin. – Mais prenez donc l'avion ! – Peperl est comme frappé de la foudre. – Quand on écoute aux portes, on les reçoit sur le nez. – M. le chef d'orchestre découche et subit une visite inattendue.

Lotte gît comme une chiffe dans son lit. Elle dort. Elle dort sans arrêt.

« C'est la faiblesse ! » a dit à midi le conseiller Strobel.

Le chef d'orchestre est au chevet de l'enfant et contemple gravement le petit visage émacié. Voici des jours qu'il n'a pas bougé de la chambre. Il se fait remplacer à l'Opéra. On a descendu du grenier un lit de camp.

Une sonnerie de téléphone dans la pièce d'à côté.

Rési entre sur la pointe des pieds.

« Un appel de Munich, dit-elle. On demande si vous êtes là. »

M. Brinkmann se lève sans bruit et fait signe à la gouvernante de veiller sur l'enfant jusqu'à son retour. Puis il va à l'appareil. De Munich ? Qui donc peut l'appeler de là-bas ? Probablement Keller, l'imprésario. Mon Dieu ! ne pourraient-ils pas lui faire la charité de le laisser tranquille ?

Il prend l'écouteur.

« Allô ! »

La poste lui donne la communication.

« Ici, Brinkmann...

— Ici, Körner, reprend de Munich une voix de femme.

— Quoi ? fait-il, éberlué. Quoi ? c'est toi, Louiselotte ?

— Oui. Excuse-moi de te téléphoner. Mais je suis inquiète à cause de la petite. Elle n'est pas malade, j'espère ?

— Si ! »

Sa voix s'étrangle.

« Si, elle est malade.

— Oh ! »

La voix lointaine ne peut en dire davantage.

Avec un froncement de sourcils, M. Brinkmann interroge :

« Mais comment as-tu pu... ?

— On en avait le pressentiment, Louise et moi.

— Louise ? »

Il a une espèce de rire nerveux, puis colle l'écouteur contre son oreille. Il n'y comprend rien. Et c'est de moins en moins à y comprendre quelque chose. Il est sur des charbons ardents.

L'invisible interlocutrice donne de hâtives explications, celles que l'on peut fournir en pareil cas, lorsque les minutes comptent.

« Parlez-vous encore ? demande la demoiselle de la poste.

— Oui, bon Dieu ! »

C'est presque un hurlement qui échappe au chef d'orchestre. Que tout se brouille dans sa tête, on le concevra assez aisément.

« Qu'a donc l'enfant, au juste ? interroge avec anxiété la voix de l'ex-Mme Brinkmann.

— Elle fait de la fièvre nerveuse. Le moment

critique est passé, assure le médecin. Mais elle est totalement à plat, physiquement et moralement.

— C'est un bon docteur ?

— Parbleu ! Le conseiller Strobel. Il connaît Louise depuis longtemps. »

Brinkmann ricane et se traite d'imbécile.

« Excuse-moi. Je confondais, c'est Lotte. Non, bien sûr, il ne la connaît pas. »

Il soupire.

Là-bas aussi maman soupire. Et voilà deux adultes aussi désemparés que des gosses. Ils sentent le cœur leur manquer. Et les mots aussi. Dans les circonvolutions cérébrales, semble-t-il, cela ne fonctionne pas non plus très bien. Paralysie générale.

Mais, tout à coup, dans ce dangereux silence, fuse et se déchaîne une voix d'enfant :

« Papa, mon petit papa, mon petit papa ! »

Cela sonne comme une fanfare.

« Allô ! Ici, Louise ! Bonjour, papa ! Est-ce qu'on peut venir ? Venir tout de suite ? »

Le mot libérateur a été prononcé. Après l'angoisse glacée, voici le dégel.

« Bonjour, ma petite Louise ! dit papa d'une

voix presque implorante. Ça, pour une idée, c'est une idée !

— N'est-ce pas ? »

L'enfant rit aux anges.

« Quand pouvez-vous être là ? »

On entend à nouveau la voix de la jeune femme.

« Je vais tout de suite demander à quelle heure part demain matin le premier train. »

Mais il hurle :

« Prenez donc l'avion, vous arriverez plus vite ! »

Et il pense aussitôt :

« Qu'est-ce que j'ai à crier comme un sourd ? Je vais réveiller la petite... »

Lorsqu'il rentre dans la chambre, Rési se prépare à lui céder au chevet de l'enfant sa place accoutumée.

« Rési... », murmure-t-il.

Ils sont là, debout, face à face.

« ... Ma femme arrive demain.

— Votre femme ?

— Chut ! Pas si haut ! Oui, mon ancienne femme. La mère de Lotte.

— De Lotte ? »

C'est vrai, comment saurait-elle ? Il sourit.

« Et Louison arrive aussi.

— Louison ? Quelle Louison ? Elle est là, Louison ! »

Il hoche la tête.

« Non, c'est l'autre jumelle.

— L'autre jumelle ? »

La situation de famille de M. le chef d'orchestre dépasse l'entendement de la pauvre fille. Elle ne sait plus à quel saint se vouer.

« Faites le nécessaire pour les provisions. On verra plus tard comment s'installer pour la nuit.

— Doux Jésus ! » marmonne Rési en abandonnant la place.

Le père contemple sa fille, qui dort d'un sommeil de plomb. Il prend un linge et essuie délicatement son front moite.

C'est donc l'autre petite, sa seconde fille ! Sa petite Lotte ! Quelle vaillance et quel cran chez ce petit être, qu'ont maintenant abattu la fièvre et le désespoir ! Ce n'est assurément pas de son papa qu'elle tient tant d'héroïsme. De qui donc ?

« De sa mère ? »

Mais le téléphone sonne à nouveau.

Rési passe la tête par l'ouverture de la porte.

« Mlle Gerlach. »

M. Brinkmann ne se retourne même pas. Il fait signe qu'il n'y est pour personne.

Mme Körner demande un congé à M. Bernau pour « affaires de famille urgentes ». Elle téléphone à l'aérogare et retient pour le premier départ du lendemain deux places dans l'avion. Puis elle boucle hâtivement une valise.

Si courte qu'elle soit, la nuit paraît interminable. Mais une nuit, cela passe, même quand elle semble sans fin.

Le lendemain matin, quand, accompagné de Peperl, M. le conseiller Strobel arrive rue de la Tour-Rouge, un taxi stoppe justement devant la maison.

Une petite fille en descend, et voici que Peperl, comme un possédé, saute au cou de l'enfant, la lèche, la pourlèche, aboie, tourbillonne, pleure de joie, bondit à n'en plus finir.

« Bonjour, Peperl ! Bonjour, monsieur le conseiller ! »

Ébahi, M. le conseiller en perd la voix. Puis, tout à coup, mais avec moins de grâce que Peperl, il se précipite vers l'enfant et vocifère :

« Es-tu donc complètement toquée ? Veux-tu bien vite aller te recoucher ! »

Louise et le chien sont déjà dans l'entrée. Une jeune dame descend maintenant de l'auto.

« Mais la petite va attraper la mort ! clame, hors de lui, le docteur.

— Ce n'est pas elle, c'est l'autre, c'est la sœur », fait avec un sourire la jeune femme.

Sur le palier, Rési ouvre la porte. Elle se trouve nez à nez avec Peperl, hors d'haleine. Il y a là aussi une petite fille.

« Bonjour, Rési », dit celle-ci, et le chien et l'enfant filent d'un trait jusqu'à la chambre de la malade.

La gouvernante en reste comme pétrifiée et esquisse un signe de croix.

Puis apparaît le vieux conseiller, à bout de souffle. Une jeune femme très photogénique l'accompagne et porte une valise.

« Comment va Lotte ? demande-t-elle à brûle-pourpoint.

— Un peu mieux, je crois, dit Rési. Permettez que je vous montre le chemin...

— Merci, je connais les lieux. »

L'étrangère a déjà disparu dans la chambre de l'enfant.

« Quand vous aurez un peu rassemblé vos esprits, plaisante le conseiller, vous pourrez peut-être m'aider à me débarrasser de mon manteau. Mais prenez votre temps... »

Rési sursaute.

« Mille pardons ! bégaie-t-elle.

— Bah ! ma visite ne presse pas tellement, aujourd'hui, remarque-t-il avec indulgence.

— Maman ! » soupire Lotte.

Tout grands ouverts et illuminés par l'extase, ses yeux fixent maman comme une miraculeuse apparition. Incapable de proférer un mot, la jeune femme caresse la main fiévreuse de l'enfant. Puis elle s'agenouille et, câlinement, prend dans ses bras le petit être frissonnant.

Du coin de l'œil, Louise guigne son père, là-bas, près de la fenêtre. Mais vite elle s'occupe des coussins de Lotte, les tape, les retourne, tire et arrange la couverture. C'est elle, maintenant, la petite ménagère ! N'a-t-elle pas appris, dans l'intervalle, à tenir un intérieur ?

De côté, à la dérobée, M. le chef d'orchestre épie la scène. Une maman et ses deux enfants ! Les siens aussi, cela va sans dire. Et autrefois cette maman était sa femme ! Des jours maintenant bien révolus, des heures oubliées lui reviennent à la mémoire. Ah ! que tout cela est loin !

Comme si la foudre venait de tomber à deux pas, Peperl se tapit au pied du lit. Ses yeux vont et viennent d'une fillette à l'autre, interminablement. Et même le petit bout de son museau, d'un noir de laque, pointe par saccades, alternativement, vers l'une puis vers l'autre fillette,

comme s'il balançait désespérément sur ce qu'il y a à faire. Réduire à ces extrémités un amour de petit chien qui se montre si gentil avec les enfants !

Tout à coup, on frappe.

Tous quatre (car nous ne compterons pas Peperl), ils se réveillent comme d'un conte à dormir debout.

M. le conseiller pénètre dans la pièce. Jovial et un peu bruyant, comme toujours. Il s'arrête près du lit.

« Comment va notre malade ?

— Bien, flûte Lotte avec un grand et pauvre sourire.

— Est-ce qu'aujourd'hui nous allons enfin avoir de l'appétit ? demande-t-il d'un ton bourru.

— Si c'est maman qui fait la cuisine, murmure Lotte.

— Bien sûr ! » répond maman.

Et elle s'approche de la fenêtre.

« Excuse-moi, Ludwig, de ne pas t'avoir encore dit bonjour. »

Ils se serrent la main.

« Merci mille fois d'être venue !

— Je t'en prie, c'était tout naturel... L'enfant...

— Sans doute, l'enfant... Je ne t'en remercie pas moins.

— Tu as l'air de quelqu'un qui a passé plus d'une nuit blanche, observe-t-elle timidement.

— Oh ! je rattraperai cela... J'ai été vraiment inquiet pour... pour elle.

— Elle sera bientôt rétablie, crois-moi », affirme la jeune femme.

Cependant on chuchote là-bas, du côté du lit. Louise se penche et glisse à Lotte, dans le creux de l'oreille :

« Maman ne sait rien de Mlle Gerlach. Il ne faut rien lui dire, surtout ! »

Lotte approuve de la tête, mais n'est pas très rassurée.

Possible, pourtant, que M. le conseiller n'ait rien entendu, car il est occupé à examiner le thermomètre. Bien qu'à vrai dire ce ne soit pas avec ses oreilles, évidemment, qu'il inspecte l'engin. Toutefois, à supposer qu'il ait entendu quelque chose, il sait de façon exemplaire n'en rien laisser paraître.

« La température est presque normale,

annonce-t-il. Tu as franchi le cap. Tous mes compliments, Louison.

— Merci bien, monsieur le conseiller, répond la véritable Louise en riant sous cape.

— C'était pour moi, peut-être, les compliments ? demande Lotte en riant avec précaution, car elle ne peut encore rire sans en avoir la tête toute secouée.

— Vous me faites l'effet d'un beau couple de petites intrigantes, grogne-t-il. Oui, une belle paire de dangereuses coquines. Même mon Peperl n'y a pas vu plus loin que le bout de son nez ! »

Il étend les deux mains, et chacune de ses grosses pattes caresse une tête d'enfant. Puis il tousse énergiquement, se lève et dit :

« Viens, Peperl, arrache-toi aux appas de ces trompeuses créatures ! »

Peperl frétille de la queue en signe d'adieu. Puis se blottit, comme entre deux monuments, entre les deux jambes du conseiller, qui pour l'instant explique à M. le chef d'orchestre Brinkmann :

« Une maman, cela vaut toutes les médecines du pharmacien. »

Et, se tournant vers la jeune femme :

« Pourrez-vous prolonger votre séjour jusqu'à ce que Louison – ah ! zut ! – jusqu'à ce que Lotte, veux-je dire, soit tout à fait d'aplomb ?

— Ce n'est pas impossible, monsieur le conseiller, et j'avoue que cela me ferait plaisir.

— Vous voyez ! s'exclame le bon vieillard. monsieur l'ancien époux n'a plus qu'à en prendre son parti. »

Brinkmann veut ouvrir la bouche.

« Je comprends, fait moqueusement le conseiller. Votre cœur d'artiste va naturellement en saigner. Tant de gens dans l'appartement ! Mais, un brin de patience, vous la retrouverez bientôt, votre chère solitude ! »

Il n'y va pas de main morte, aujourd'hui, M. le conseiller. Il ouvre si violemment la porte que Rési, qui est là derrière à écouter, en prend une bosse au front. Elle en voit trente-six chandelles et se tient la tête à deux mains.

« Appliquez-y un petit sou », conseille-t-il, car, avec lui, la médecine ne perd jamais ses droits.

Puis il ajoute :

« Ne vous inquiétez pas ! C'est une bonne recette, et je vous la donne gratis ! »

Le soir est venu. À Vienne comme ailleurs. Pas un bruit dans la chambre des enfants. Louise dort. Lotte dort, cette fois d'un sommeil de convalescente.

Jusqu'à tout à l'heure, Mme Körner et le chef d'orchestre sont restés assis dans la pièce d'à côté. Ils ont parlé de bien des choses et fait le silence sur plus de choses encore. Puis M. Brinkmann s'est levé.

« Bon ! Maintenant, il faut que je m'en aille. »

Et sa situation lui a semblé, non sans quelque raison, passablement comique. Tout bien considéré, avoir chez soi deux gosses de neuf ans qui dorment, deux gosses que vous a données la jolie femme qu'on a devant soi, et en être réduit à battre en retraite comme un danseur mondain qui a perdu ses charmes ! Abandonner son propre appartement ! Si gnomes et lutins hantaient encore les maisons, comme au bon vieux temps, ils s'en paieraient une pinte !

Elle le reconduit jusqu'à l'entrée.

Il hésite, puis :

« Au cas où il y aurait une rechute, je suis là-bas, à l'atelier.

— Ne t'inquiète pas, Mais n'oublie pas que tu as bien du sommeil en retard.

— J'y songerai. Bonne nuit.

— Bonne nuit. »

Tandis qu'il descend les marches, elle l'appelle à voix basse :

« Ludwig ! »

Il se retourne.

« Viens-tu déjeuner demain matin ?

— Oui. »

Elle pousse le verrou, met la chaîne et reste là un moment, songeuse. Il a vraiment pris de l'âge. Le voilà presque un homme, monsieur son ancien époux !

Puis elle renvoie ces pensées au lendemain et va, maternellement, monter la garde entre les deux lits où dorment ses enfants – leurs enfants.

Une heure plus tard, sur le boulevard de Carinthie, une jeune dame élégante descend d'un taxi et parlemente avec le concierge, bougon.

« Monsieur le chef d'orchestre ? grogne-t-il. J'ignore s'il est là.

— Il y a de la lumière dans l'atelier, dit-elle. Il est donc là. »

Elle lui glisse une pièce, passe, monte déjà l'escalier.

Le concierge regarde ce qu'elle lui a fourré dans le creux de la main et réintègre sa loge.

« Hein ! C'est toi ? interroge là-haut Brinkmann sur le pas de la porte.

— Qui veux-tu que ce soit ? » riposte-t-elle hargneusement.

Et elle pénètre dans l'atelier.

Elle s'assied, allume une cigarette et le regarde, en attendant des explications.

Mais il reste muet.

« Pourquoi fais-tu dire au téléphone que tu n'y es pas ? demande-t-elle. Trouves-tu cela du meilleur goût ?

— Je n'ai pas fait dire que je n'y étais pas.

— Non, peut-être ?

— J'étais tout simplement hors d'état de te parler. Je n'étais pas d'humeur à le faire. La petite était très bas.

— Mais elle va mieux ! Sans quoi tu serais encore rue de la Tour-Rouge !

— Oui, elle va mieux. Du reste ma femme est là-bas.

— Qui ça ?

— Ma femme, mon ancienne femme. Elle est arrivée aujourd'hui, avec l'autre petite.

— L'autre petite ? reprend comme en écho la jeune femme élégante.

— Oui, ce sont des jumelles. Avant les vacances, c'est Louison que j'avais chez moi. Depuis, c'est l'autre. Mais je n'y ai vu que du feu. Je ne le sais que d'hier. »

La jeune femme a un rire sardonique.

« On peut dire que ton ex-moitié a su t'emberlificoter ! »

Il perd patience.

« Elle aussi ne sait tout cela que d'hier ! »

Irène Gerlach fait une moue ironique de ses lèvres artistement peintes.

« La situation ne manque décidément pas de piquant ! Avoir à un bout de la ville une femme qui n'est plus la sienne et, à l'autre bout, une femme qui ne l'est pas encore ! »

Cela commence à lui porter sur les nerfs.

« Il y a aux quatre coins de la ville plus d'une femme qui n'est pas encore la mienne.

— Oh ! monsieur fait de l'esprit ! »

Et elle se lève.

« Excuse-moi, je suis nerveux.

— Je ne le suis pas moins, Ludwig. »

Clac ! La porte se referme. Plus de Mlle Gerlach.

M. Brinkmann reste quelque temps à considérer la porte par laquelle elle a disparu, puis il se dirige vers le piano, feuillette la partition à laquelle il est en train de travailler, celle de son opéra pour enfants. Il en prend un feuillet et s'installe devant le clavier.

Il joue d'abord ce qu'il a sous les yeux : un canon dont les lignes mélodiques, sobres et sévères, rappellent le chant grégorien. Puis il y introduit des variations, passe du mode antique au *do* mineur, et de *do* mineur en *mi* majeur. De reprise en reprise surgit de ces transpositions une nouvelle mélodie, si simple, si pure, si touchante, que deux petites filles semblent la chanter de leurs voix d'anges, l'été, sur une prairie, au bord frais d'un lac où se reflètent la montagne et le ciel bleu. Le ciel qui est tellement plus vaste que notre pauvre entendement, et dont le soleil éclaire et réchauffe toute la création, sans faire de distinction entre les bons, les méchants et les autres...

11

Un double anniversaire, mais un seul vœu. – Les parents se retirent pour délibérer. – Serrez les pouces ! – Bousculade au trou de la serrure. – Après la pluie, le beau temps.

Le temps guérit, comme on le sait, les blessures. Il guérit également les malades. Lotte a retrouvé la santé. Ses nattes aussi et ses rubans. Louise, ses mèches folles, qu'elle secoue à cœur joie.

Elles aident maman et Rési à faire les courses et la cuisine. Elles chantent en chœur, et c'est Lotte (parfois même papa !) qui tient le piano.

Elles rendent visite de l'autre côté du palier à M. Gabele. Ou elles promènent Peperl, quand M. le conseiller a ses consultations. Le chien a pris son parti de trouver deux Louise pour une. Il a multiplié par deux l'adoration de base qu'il éprouve pour les petites filles, puis divisé par deux le produit ainsi obtenu. Il faut savoir se tirer d'affaire !

Parfois aussi les deux sœurettes s'interrogent anxieusement du regard : que sortira-t-il de tout cela ?

Le 14 octobre, c'est l'anniversaire des deux fillettes. Elles sont là, dans leur chambre, avec leurs parents. Des bougies brûlent, dix pour chacune. Il y a eu un gâteau et du chocolat. Papa a improvisé une magnifique « marche triomphale d'entrée des jumelles en leur dixième année ». Maintenant, sur son tabouret, il se retourne vers son petit monde et demande :

« Mais pourquoi diable ne voulez-vous pas que nous vous fassions de cadeau ? »

Lotte prend son courage à deux mains et dit :

« Parce que, le cadeau que nous voulons, ça ne se trouve pas dans les magasins.

— Et que désirez-vous donc ? » demande maman.

Maintenant c'est au tour de Louise de se jeter par-dessus bord. Elle déclare enfin, toute frétillante d'excitation :

« Ce que Lotte et moi nous voulons pour notre anniversaire, c'est le droit de rester toujours ensemble ! »

Ouf ! Elle a réussi à le dire.

Les parents ne soufflent mot.

Lotte reprend à voix basse :

« Après, nous ne demanderons plus jamais rien. À aucun anniversaire. Ni jamais à Noël. »

Les parents ne sortent pas de leur mutisme.

« Vous pourriez essayer, quand même ! »

Louise en a des larmes aux yeux.

« On sera très sages, plus sages encore qu'avant. Et tout sera tellement, tellement plus beau ! »

Lotte approuve énergiquement de toutes ses nattes.

« Oui, on vous le promet.

— Parole d'honneur et tout et tout ! » s'empresse d'ajouter Louise.

Papa se lève.

« Si nous passions un peu à côté, Louiselotte ?

— Certainement ! » répond son ancienne femme.

La porte se referme derrière eux.

« Serrons les pouces ! » murmure précipitamment Louise.

Quatre menottes se ferment sur quatre petits pouces.

Lotte remue silencieusement les lèvres.

« Tu fais une prière ? » demande Louise.

Lotte fait signe que oui.

Et voici que Louise se met à marmotter :

« Viens parmi nous, petit Jésus adoré, viens-t'en bénir ce que tu nous as donné ! »

Lotte marque sa désapprobation en agitant ses nattes.

« Je sais bien ! soupire Louise avec découragement, ce n'est pas ce qu'il faudrait dire, mais c'est tout ce que je trouve. »

Et elle reprend :

« Viens parmi nous, petit Jésus adoré, viens-t'en bénir... »

« Abstraction faite de ce qui nous concerne, déclare précisément M. Brinkmann dans la pièce d'à côté, tout en gardant les yeux obstinément fixés sur le parquet, il est évident que le mieux serait de ne plus séparer les enfants.

— C'est clair, répond la jeune femme. Nous n'aurions jamais dû les séparer. »

Il est toujours là à considérer le parquet.

« Nous avons commis bien des erreurs... »

Il tousse pour s'éclaircir la voix :

« Aussi, je suis parfaitement d'accord : les deux petites resteront ensemble... à Munich... avec toi. »

La mère en a un coup au cœur.

« Peut-être, continue-t-il, accepteras-tu qu'elles viennent ici un mois par an ? »

Et, comme la mère ne répond rien :

« Je dis un mois... mettons quatre semaines... ou trois seulement, si c'est trop... Enfin, quinze jours au moins ? Car, tu ne vas pas me croire... mais... moi aussi, je les aime bien toutes les deux. »

Toujours pas de réponse. Enfin, dans le silence :

« Et pourquoi ne te croirais-je pas ? »

Il hausse les épaules.

« Que je les aime, je ne l'ai pas suffisamment montré...

— Mais si ! Je t'ai vu au chevet de Lotte, fait-elle. Seulement, comment peux-tu imaginer que les deux petites seront aussi heureuses que nous le souhaitons si... elles grandissent sans avoir leur père ?

— Si, toi, elles ne t'avaient pas, c'est alors que cela n'irait plus du tout !

— Ah ! Ludwig ! n'as-tu vraiment pas remarqué ce que veulent les enfants et ce qu'elles brûlent de dire ?

— Bien sûr que je l'ai remarqué ! »

Il va à la fenêtre.

« Bien sûr que je sais ce qu'elles veulent ! »

Il manipule nerveusement l'espagnolette.

« Ce qu'elles veulent, c'est que toi et moi aussi nous restions ensemble !

— Elles veulent avoir père et mère, nos enfants ! Est-ce trop demander ? interroge la maman en observant son ancien mari.

— Non, mais il y a des vœux qui sont très modestes et qui n'en sont pas moins irréalisables. »

Près de sa fenêtre, il a l'air d'un gamin qu'on aurait mis au coin et qui n'y resterait que par dépit.

« Qu'y a-t-il ici d'irréalisable ? »

Il se retourne, stupéfait.

« En voilà une question ! Me demander ça, à moi ! Après tout ce qui s'est passé ! »

Elle le regarde gravement, hoche la tête, puis ajoute :

« Justement, après tout ce qui s'est passé. »

De l'autre côté de la porte, Louise est aux aguets, l'œil collé au trou de la serrure. Lotte est tout près d'elle et, bras écartés, serre de toutes ses forces ses pouces.

« Oh ! oh ! oh ! souffle Louise. Papa donne un baiser à maman ! »

Dérogeant à toutes ses habitudes, Lotte bouscule sa sœur sans ménagement et s'empare du créneau.

« Eh bien ! fait Louise, il n'a pas encore fini ?

— Non », murmure Lotte.

Mais soudain, levant un visage rayonnant :

« Maintenant, c'est maman qui donne un baiser à papa ! »

Ivres de joie, les deux jumelles tombent dans les bras l'une de l'autre.

12

M. Bailly en est ébahi. – Plaisant récit de M. le directeur Kilian. – Projets matrimoniaux de Louise et de Lotte. – La une *du* Petit Illustré. – *Une nouvelle plaque sur une ancienne porte. – « J'espère que nous ferons de bons voisins, monsieur le chef d'orchestre ! » – On peut rattraper le bonheur perdu. – Rires d'enfants et chanson d'enfants. – « Et rien que des jumelles ! »*

M. Benno Bailly, le vieil officier de l'état civil du premier arrondissement de Vienne, procède à un mariage qui, bien que le brave fonctionnaire en ait déjà vu de toutes les couleurs, n'est pas sans l'estomaquer un peu. La fiancée est l'ex-femme du fiancé. Et il y a là deux fillettes de dix ans qui se ressemblent à vous couper la respiration et qui ont les fiancés pour père et mère. L'un des témoins, un peintre du nom d'Anton Gabele, est venu sans cravate. Par contre, l'autre témoin, le docteur, professeur et conseiller Strobel, est accompagné d'un chien. Et dans le hall de la mairie, où il aurait dû rester, le chien a fait un tel boucan qu'il a fallu le laisser entrer jusque dans la salle des mariages et l'admettre à la cérémonie. Un chien en guise de témoin, on aura tout vu !

Assises derrière leurs parents, Louise et Lotte sont sages comme des images et heureuses comme des reines. Elles ne sont pas seulement heureuses, mais fières, diablement fières ! Car cette joie magnifique et presque inconcevable, c'est leur œuvre. Que serait-il advenu des pauvres parents, dites, s'il n'y avait pas eu les enfants ? Et cela n'a pas été commode, croyez-le, de manœuvrer toutes les ficelles sans en avoir l'air ! De forcer le destin ! Ni les aventures, ni les larmes, ni l'angoisse, ni le mensonge, ni le désespoir, ni la maladie – rien ne leur a été épargné, absolument rien.

La cérémonie achevée, M. Gabele confère à voix basse avec M. Brinkmann. Le conciliabule des deux artistes s'accompagne de clins d'yeux pleins de mystère. Mais pourquoi cette messe basse et ces regards entendus ? Personne n'en sait, n'en devine rien. Mme Körner, ex- et néo-épouse Brinkmann, a simplement entendu son ancien et nouveau mari murmurer :

« Trop tôt encore ? »

Après quoi il a ajouté d'un air dégagé, en se tournant vers elle :

« Tiens, j'ai une bonne idée ! Sais-tu, nous allons d'abord passer à l'école et faire inscrire Lotte.

— Lotte ? Mais voici des semaines que... si pourtant ! Excuse-moi, naturellement, tu as raison. »

M. le chef d'orchestre considère avec tendresse madame son épouse.

« Cela va de soi ! »

Le directeur de l'école des filles, M. Kilian, est pour le moins éberlué lorsque M. le chef d'orchestre Brinkmann et son épouse viennent faire inscrire une seconde fillette qui est tout le portrait de la première. Mais, dans sa longue carrière de maître d'école, il a vu bien d'autres choses qui n'étaient pas moins étonnantes, et cela l'aide à retrouver enfin ses esprits.

Sans omettre une colonne, il inscrit la nouvelle élève dans un grand registre, puis se renverse confortablement dans son fauteuil et dit :

« Lorsque j'ai débuté comme auxiliaire dans l'enseignement, il m'est arrivé une histoire qu'il faut que je vous raconte et que je raconte aux petites. À Pâques, je vis entrer dans ma classe un nouveau. Un garçon dont les parents ne roulaient pas carrosse, mais propre comme un sou neuf, et, je m'en rendis compte bien vite, tout plein du désir d'apprendre. Il fit des progrès satisfaisants. En calcul, il prit même en peu de temps la tête de la classe. C'est-à-dire... par à-coups ! “À quoi cela peut-il bien tenir ?” me demandai-je d'abord. Puis je me dis : “C'est trop fort ! Tantôt il calcule sur le bout du doigt et ne fait pas une seule faute, et tantôt il n'en finit pas et commet des bourdes grosses comme lui !” »

En bon artiste, M. le directeur marque un temps d'arrêt et cligne de l'œil vers Louise et Lotte. Puis il reprend :

« Enfin, j'eus recours à une étrange méthode. J'entrepris de noter dans mon calepin les jours où le gars était un as en calcul et ceux où il comptait comme une mazette. Et j'aboutis à une statistique abracadabrante : le lundi, le mercredi et le vendredi, il calculait à merveille ; le mardi, le jeudi et le samedi, il avait tout oublié.

— Ce n'est pas banal ! » s'exclame M. Brinkmann.

Et les deux fillettes se tortillent de curiosité sur leurs chaises.

« Je poursuivis l'expérience durant six semaines, continue le vieux maître d'école. Et toujours avec le même résultat : le mardi, le jeudi, le samedi : zéro ! Un beau soir, j'allai, ma foi, jusque chez les parents et je leur fis part de mes énigmatiques constatations. Ils se regardèrent, moitié embarrassés, moitié amusés, et l'homme finit par dire :

— Il y a du vrai dans ce qu'a remarqué M. l'instituteur !

« Là-dessus, il siffle deux coups entre ses doigts et, de la pièce voisine, accourent deux garçons. Deux, de la même taille, et le portrait tout craché l'un de l'autre.

« — Eh oui ! ce sont des jumeaux, dit la femme. Voici le bon calculateur, c'est Seep. L'autre, c'est Toni.

« — Sans doute, fis-je quand je fus un peu

revenu de mon ahurissement, mais, mes braves gens, pourquoi ne les envoyez-vous pas tous les deux à l'école ?

« — Monsieur l'instituteur, me répondit le père, nous sommes pauvres. Les deux garçons n'ont à eux deux qu'un seul habit présentable. »

M. et Mme Brinkmann rient de bon cœur, M. Kilian se pavane. Et Louise s'écrie :

« Ça, c'est une idée ! On va en faire autant ! »

M. Kilian menace du doigt les fillettes.

« Pas d'excentricités, s'il vous plaît ! Mlle Gatettner et Mme Bruckbaur auront déjà bien assez de mal à ne pas vous prendre l'une pour l'autre !

— Surtout, dit Louise avec enthousiasme, quand on se coiffera de la même manière et qu'on échangera nos places. »

M. le directeur lève les bras au ciel et fait la pantomime de quelqu'un qui va sombrer dans le désespoir.

« C'est affreux ! s'exclame-t-il. À quoi ne faudra-t-il pas s'attendre quand vous serez de grandes demoiselles et qu'on voudra vous marier ? »

Lotte réfléchit.

« Puisque nous nous ressemblons tant,

nous plairons sûrement à un seul et même monsieur.

— Et nous de même, s'écrie Louise, il n'y en aura qu'un qui nous plaira. Alors, rien de plus simple : on l'épousera toutes les deux. Ce sera parfait. Le lundi, le mercredi et le vendredi, je serai sa femme. Et le mardi, le jeudi et le samedi, ce sera le tour de Lotte !

— Et si, par hasard, il n'a pas l'idée de vous faire faire une composition de calcul, dit en riant

M. le chef d'orchestre, il ne remarquera pas qu'il est bigame. »

M. le directeur Kilian se lève.

« Le pauvre ! » s'exclame-t-il avec pitié.

Mme Brinkmann sourit.

« Il y a malgré tout un avantage dans cette répartition : le dimanche, il sera libre ! »

Quand les jumelles et les jeunes mariés, ou, plus exactement, les nouveaux jeunes mariés, traversent la cour, c'est justement la récréation de midi. Des centaines de fillettes sont là, qui se bousculent et que l'on bouscule. Louise et Lotte font sensation.

En jouant des poings, Trude réussit enfin à parvenir jusqu'aux jumelles. Elle a beau faire appel à toute sa lucidité, elle les regarde, désemparée, l'une après l'autre :

« Enfin, j'y suis ! » s'écrie-t-elle.

Et, s'adressant avec humeur à Louise :

« C'est bien ça ! Tu commences par me défendre d'ouvrir la bouche à l'école et, après, vous vous amenez toutes les deux !

— Pardon ! C'est moi qui te l'avais défendu, rectifie Lotte.

— Maintenant, tu peux jaser à ton aise,

déclare Louise avec une générosité de princesse. Car, à partir de demain, nous viendrons toutes les deux. »

M. Brinkmann réussit enfin, comme un brise-glace, à fendre la foule, et la famille avance dans le sillage de ses épaules.

Trude est cependant l'objet de la curiosité générale. On la hisse sur la branche d'un acacia et de là-haut elle raconte tout ce qu'elle sait à son immense auditoire, qui n'en perd pas un mot.

La cloche sonne. C'est la fin de la récréation. Tout au moins d'ordinaire.

Les institutrices rentrent dans leurs classes : rien que des bancs vides. Elles vont à la fenêtre et ce qu'elles découvrent en bas les suffoque d'une sainte indignation : la cour est archicomble. Les institutrices font irruption dans le bureau du directeur, pour exprimer en chœur leurs doléances :

« Prenez place, mesdames, fait-il. Justement, le garçon de classes vient de m'apporter le dernier numéro du *Petit Illustré*. Le cliché de la première page est pour nous du plus haut intérêt. Voulez-vous en prendre connaissance, mademoiselle Bruckbaur ? »

Il lui tend le journal.

Et voici que les maîtresses, ni plus ni moins que dans la cour les petites filles, oublient que la fin de la récréation a depuis longtemps sonné.

Tirée comme toujours à quatre épingles, Mlle Irène Gerlach, près de l'Opéra, considère, époustouflée, la page de titre du *Petit Illustré,* où figure le portrait de deux petites filles sévèrement nattées. Elle lève les yeux, mais n'en est que plus éberluée : car devant le passage protégé s'arrête un taxi, et le taxi transporte deux petites filles qu'accompagnent un monsieur qu'elle a bien connu et une dame qu'elle ne tient pas du tout à connaître.

Lotte pince énergiquement sa sœur.

« Là-bas, regarde !

— Aïe ! Eh bien ? »

Lotte murmure d'une voix presque imperceptible :

« Mlle Gerlach !

— Où ça ?

— À droite, la femme avec le grand chapeau ! Et avec le journal à la main. »

Louise lance un regard oblique vers l'élégante

créature, mais elle aurait bien plus de joie à lui tirer triomphalement la langue.

« Qu'est-ce que vous avez, toutes les deux ? »

Sapristi ! Maman aurait-elle, elle aussi, remarqué quelque chose ?

Fort heureusement, une vieille dame distinguée se penche par la portière de l'auto qui, dans la file, attend près du taxi. Elle tend à maman un illustré et dit avec un gracieux sourire :

« Puis-je me permettre un petit présent de circonstance ? »

Mme Brinkmann prend le journal, voit le cliché de la première page et passe le numéro à son mari.

Feu vert. Les autos se remettent en marche. La vieille dame fait adieu d'un signe de tête.

Les fillettes grimpent près de papa sur la banquette et regardent, ébahies, le cliché de la première page.

« Quel individu, cet Eipeldauer ! s'exclame Louise. Tromper comme cela ses clientes !

— Nous pensions pourtant bien avoir déchiré toutes les photos ! fait Lotte.

— Oui, mais il restait les pellicules, explique maman. Avec ça, il peut tirer des centaines d'épreuves.

— Heureusement qu'il vous a roulées, constate le père. Sans lui, maman n'aurait rien découvert de votre secret. Et sans lui il n'y aurait pas eu de mariage aujourd'hui. »

Soudain, Lotte se retourne et regarde là-bas, dans la direction de l'Opéra.

Mais Mlle Gerlach a complètement disparu de l'horizon.

Et Lotte dit à maman :

« Demain, nous enverrons à M. Eipeldauer une belle lettre de remerciements. »

Rue de la Tour-Rouge, nouveaux jeunes mariés et jumelles grimpent les marches. Rési s'est mise sur son trente-et-un et attend sur le pas de la porte. Elle sourit de toute sa large face de paysanne et tend à la jeune femme un monumental bouquet.

« Tous mes remerciements, Rési, dit la jeune femme. Et je suis contente que vous vouliez bien rester chez nous. »

Comme une marionnette, Rési s'incline de tout le buste, par saccades. Puis elle bredouille :

« Vrai, j'aurions bien dû rentrer à la ferme. Aller aider monsieur notre père. Mais j'avons trop bigrement de tendresse pour notre p'tiote Lotte. »

M. le chef d'orchestre éclate de rire.

« Ce n'est pas précisément poli pour les trois autres, Rési ! »

Rési, déconcertée, hausse les épaules.

Mme Brinkmann vient à son secours :

« Nous ne pouvons tout de même pas rester éternellement devant la porte !

— Mais entrez donc, je vous prie ! »

Et, d'un grand geste, elle dégage le passage.

« Un instant, s'il vous plaît ! dit nonchalamment le chef d'orchestre. Il faut d'abord que j'aille faire un petit tour chez moi ! »

Chacun en reste pantois. Va-t-il falloir, le jour même de son mariage, qu'il retourne à l'atelier ?

(Il y a pourtant quelqu'un qui n'en est pas suffoqué, mais qui plutôt rit sous cape : Rési !)

M. Brinkmann se dirige vers la porte de l'appartement de M. Gabele, tire prestement une clef et, tranquille comme Baptiste, la met dans la serrure.

Lotte se précipite. On a apposé sur la porte une nouvelle plaque – une nouvelle plaque où l'on peut lire en toutes lettres : *Brinkmann* !

« Oh ! papa », s'écrie-t-elle, au comble du bonheur.

Et déjà Louise est là elle aussi, qui lit la plaque, empoigne sa sœur par le col et se met à exécuter avec elle une espèce de danse de Saint-Guy. La vieille maison de bois en branle dans toutes ses jointures.

« Ça suffit, maintenant ! s'écrie le chef d'orchestre. Allez voir à la cuisine si j'y suis et donnez un coup de main à Rési. »

Il consulte sa montre.

« J'en profiterai pour faire visiter mon studio

à maman. On déjeunera dans une demi-heure. Dans trente minutes, venez sonner. »

Et il prend la jeune femme par la main.

Sur le pas de la porte d'en face, Louise fait une petite révérence et déclare :

« J'espère que nous serons de bons voisins, monsieur le chef d'orchestre ! »

La jeune femme se débarrasse de son manteau et de son chapeau.

« Quelle surprise ! s'exclame-t-elle d'une voix qui tremble d'émotion.

— Une surprise agréable ? » demande-t-il.

Elle ne répond que d'un signe de tête.

« C'était depuis longtemps le désir de Lotte, avant de devenir le mien, dit-il, un peu penaud. Gabele a préparé tout le plan de bataille jusque dans le moindre détail et dirigé les opérations de camionnage. Une vraie bataille contre la montre.

— Ah ! c'est pour cela qu'il nous a d'abord fallu passer par l'école !

— Oui. Le transport du piano en a fait voir de rudes aux hercules de l'entreprise de déménagement. »

Ils entrent dans le studio. Sur le piano trône une photo que l'on a sortie d'un obscur tiroir de la table de travail : celle d'une jeune femme d'un temps révolu, mais toujours présent à la mémoire.

Et, prenant par la taille son épouse :

« Au troisième à gauche, nous serons heureux tous les quatre ; au troisième à droite, je retrouverai ma bienheureuse solitude, mais une solitude porte à porte.

— Tout ce bonheur ! »

Elle se blottit tendrement contre lui.

« Sûrement plus que nous n'en méritons, prononce-t-il gravement, mais pas trop pour nos épaules.

— Je n'aurais jamais cru que ce fût possible.

— Quoi ?

— Qu'on puisse rattraper le bonheur perdu comme on rattrape une heure de retard. »

Il lui montre au mur un dessin. Celui d'un petit et grave visage d'enfant. Le portrait qu'a fait Gabele. Et, de là-haut, l'enfant semble veiller sur les parents.

« Chaque instant de notre bonheur retrouvé, dit-il, nous le devrons aux petites. »

Parée d'un tablier de cuisine, Louise est juchée sur une chaise, en train de fixer au mur, avec des punaises, la première page du *Petit Illustré*.

« Comme ça fait bien ! » déclare Rési, ravie.

Lotte, également en tablier de cuisine, s'affaire près du fourneau.

Rési s'essuie une larme au coin de l'œil, renifle un peu et demande, comme médusée par la photographie :

« Au fait, qui est qui sur cette photographie ? »

Les enfants se considèrent, fort perplexes. Puis elles contemplent la photo. Et recommencent à se passer l'une l'autre en revue.

« Ouais ! » fait Lotte avec embarras.

Louise rassemble tous ses souvenirs.

« Quand le petit oiseau est sorti, j'étais à gauche, il me semble. »

Lotte hoche dubitativement la tête.

« Non, c'est moi qui étais à gauche. À moins que... »

Cou tendu, elles considèrent toutes deux leur portrait.

« Ah ! si v' n'êtes même pas capables de l' savé, s'exclame Rési, qui qui l' saura ? »

Et elle éclate d'un rire énorme.

« Non, vraiment, nous ne le savons pas nous-mêmes ! » s'écrie Lotte avec enthousiasme.

Et les voilà qui rient toutes les trois, d'un rire qui résonne jusque de l'autre côté du palier.

Presque effrayée, maman demande :

« Mais pourras-tu travailler avec un pareil bruit ? »

Il ouvre le piano.

« Comment pourrais-je travailler sans lui ? »

Et, tandis que, dans l'appartement d'en face, les rires s'apaisent, il joue à sa femme le duo en *mi* bémol majeur de son opéra pour enfants, et on l'entend jusque dans la cuisine.

Les trois ménagères vaquent à leurs travaux aussi silencieusement que possible, pour ne pas perdre une note du duo.

Après le dernier accord, Lotte rassemble son courage et interroge :

« Dis-moi, Rési ? Maintenant que papa et maman sont tous les deux avec nous, est-ce que Louise et moi on pourra avoir encore des petits frères ?

— Parbleu ! assure Rési. Vous voudriez donc en avoir ?

— Bien sûr ! répond énergiquement Louise.

— Des petits frères ou des petites sœurs ? demande Rési avec intérêt.

— Des petits frères et aussi des petites sœurs », dit Lotte.

Dans un grand cri du cœur, Louise s'exclame :

« Mais rien que des jumeaux ! Rien que des jumelles ! »

<< Pour l'editeur, le principe est d'utiliser des papiers composés de fibres naturelles, renouvelables, recyclables et fabriquées à partir de bois issus de forêts qui adoptent un système d'aménagement durable. En outre, l'éditeur attend de ses fournisseurs de papier qu'ils s'inscrivent dans une démarche de certification environnementale reconnue. >>

Composition Jouve - 53100 Mayenne
N° 293661d
Imprimé en Espagne par LITOGRAFIA ROSÉS S.A. (08850) Gava
32.10.2454.0/03 - ISBN : 978-2-01-322554-3
Loi n° 49-956 du 16 juillet 1949 sur les publications destinées à la jeunesse
Dépôt légal : août 2007